Elisabeth Aumiller

MARISA

Eine Spurensuche

Impressum

© 2020 Elisabeth Aumiller
2. überarbeitete Auflage
Autor: Elisabeth Aumiller

Verlag & Druck: tredition GmbH, Halenreie 40-44, 22359 Hamburg
ISBN:
Paperback: 978-3-347-20822-3
Hardcover: 978-3-347-20823-0
e-Book: 978-3-347-20824-7

Bibliografische Information der Deutschen Nationalbibliothek:
Die Deutsche Nationalbibliothek verzeichnet diese Publikation in der Deutschen Nationalbibliografie; detaillierte bibliografische Daten sind im Internet über http://dnb.d-nb.de abrufbar.

Ähnlichkeiten mit lebenden Personen und Situationen sind rein zufällig. Es handelt sich ausschließlich um Marisas Begegnungen in ihrem persönlichen Umfeld und die Erfahrungen, die sie dabei machte.

Inhalt

Geleitwort von Dr. Manfred Eichhoff

Seit den 1970er Jahren gibt es in Deutschland eine Fülle von Büchern über Wiedergeburt, Reinkarnationstherapie mit oder ohne Hypnose, von Forschern aufgezeichnete Berichte von Erinnerungen an frühere Leben sowie die übergeordnete wissenschaftliche Fragestellung nach der Evidenz solcher Berichte oder der Authentizität des Phänomens Wiedergeburt generell.

Für Materialisten oder Atheisten ist der Fall sehr einfach und klar: Alles Unsinn. Ein Leben nach dem Tod und sich wiederholende Existenzen gibt es nicht. Geboren werden, leben, sterben und aus. Wir wollen dies nicht weiter bewerten.

Für Esoteriker, Mystiker und Menschen mit klarer spiritueller Ausrichtung auf einem alten initiatischen Überlieferungsweg, wie der Kabbala, dem Advaita Vedanta, der Orphik, der Gnosis und einiger Pfade, die sich von diesen Weisheitslehren ableiten, ist die Tatsache von Karma und Wiedergeburt Grundlage ihrer Lebensauffassung und Lebensführung.

Marisa stellt im Reigen der Berichte von Rückerinnerungen an vergangene Leben einen Sonderfall dar. Seit ihrer Kindheit wurden ihr Türen und später gar Tore geöffnet für eine Fülle von wieder auftauchenden Erlebnissen an frühere Leben, die teilweise Jahrtausende zurückliegen. Das Erstaunliche dabei ist, dass ihr nach und nach ein roter Faden der Erkenntnis im Geiste vermittelt wurde, der die komplexen Zusammenhänge der vielen Ereignisse in alten Zeiten in ein Erklärungsmuster leitete, welches ihr im gegenwärtigen Leben eine einmalige

Lehre des Wachwerdens und der Erkenntnisse über die Wechselwirkungen karmischer Muster vermittelte.

Mit anderen Worten: Sie traf immer wieder die gleichen inkarnierten Seelen, mit denen sie in Vorleben zusammen war und eine tiefe innere Verbindung hatte. Mal war es tendenziell positiv, mal schmerzhaft. Solche Zusammenkünfte finden im karmischen Geschehen solange statt, bis das Wesen gelernt hat, die Energetik der Verbindungen oder besser „Bindungen" aufzulösen. Hierzu ist allerdings ein ausgeprägter Grad an spirituellem Fortschritt erforderlich, der letztlich zur endgültigen Befreiung führen kann, dem Ziel aller authentischen Überlieferungen.

Der Leser mag ein wenig verwundert sein über den sozialen Status der von Marisa geschilderten Existenzen. Sie sah sich in vielen Leben stets in hohen und höchsten sozialen Kreisen oder gar Herrscherfamilien. Hier verbirgt sich eine allgemeine Kritik an Erinnerungsschilderungen, in denen der Wunsch und das Ego die Triebfedern seien und weniger die realen alten Bedingungen zum Vorschein kämen. Solche Kritik ist berechtigt, denn es ist für ein ungeschultes Wesen nicht leicht, pure egogefärbte Imagination von der Klarheit intuitiven Empfanges überweltlicher Botschaften zu unterscheiden.

Marisa hatte selbstverständlich auch grundverschiedene Existenzen durchlebt, fernab privilegierter Verhältnisse. Gezeiten der energetischen Bewegungen von hoch und tief. Ihr wurde jedoch fast ausschließlich das Fenster geöffnet für jene Lebensereignisse, die letztendlich zu einem vielgestaltigen Muster an Erfahrungen und inneren Lehren führten, die ihr im Hier und Jetzt die Augen öffnen sollten, um den Weg zu einem höheren Bewusstsein zu ebnen.

Die Intensität, Detailgenauigkeit und Quantität der geschilderten Erinnerungen an frühere Leben stellen Marisa in ein Licht außergewöhnlicher Fähigkeiten, das für viele Leser Ansporn sein mag, sich näher mit dieser existenziell höchst wichtigen Materie auseinanderzusetzen.

Es ist nicht nur ein schöner Trost, an Wiedergeburt zu glauben. Das karmische Gesetz ist göttlicher Natur und die einzige Gerechtigkeit, die es gibt. Wer sich mit diesem Gedanken anfreunden kann, dem mag Ähnliches widerfahren wie Marisa.

Es ist der Weg
vom Glauben,
zum Wissen,
zur höheren Erkenntnis.

Dr. Manfred Eichhoff

Personenverzeichnis

Marisa

Maxim	Dirigent - Conny, seine Frau
Gina	Marisas Mutter
Leonhard	Marisas Vater
Luisa	Marisas Tante
Phil	Gutsbesitzer -
	Wally und Willy, seine Kinder
Gianni	Literat - Mya, seine Frau
Giorgio	Religionsphilosoph - Maja, seine Frau –
	Laurie, seine Tochter
Leo	Personalchef und Touristikfachmann–
	Hanne und Lina, seine Ehefrauen
Hetty	Künstleragentin
John	Choreograf
Kevin	Diplomat
Giulio	Dirigent
Larissa	Pianistin
Alberto	Unternehmer
Domenico	Manager
Charlie	Vertreter
Julia	Marisas Jugendfreundin
Lukas	Geschäftsmann
Mafalda	Reiseleiterin
Nick	Bariton
Rogér	Schauspieler
Vera	Hausfrau
Gero	Unternehmer

Prolog

Marisa und ihre Geschichten drehen sich um Wahrnehmungen, Erinnerungen und Erlebnisse im Zusammenhang mit ihrem Umfeld und menschlichen Begegnungen, die sie in Bezug setzte zum Thema Reinkarnation und deren frühere Identitäten sich ihrer Wahrnehmung öffneten.

Vergangene Inkarnationen sind alle Teil der Menschheitsgeschichte, so wie wir im gegenwärtigen Leben Teil des Weltgeschehens und in die epochalen Zeitläufe auf individueller Basis eingebunden sind. Jeder Einzelne hat das selbst Erlebte aus vergangenen Zeiten auf der „Festplatte" seines Unterbewusstseins gespeichert.

Das Vertrauen in das Leben und in die kosmische Gesetzmäßigkeit ist die Voraussetzung – und die Gewissheit – dass das Leben mit dem physischen Tod nicht zu Ende ist, sondern die etwa 70 bis 100 Jahre, die ein Menschenleben gewöhnlich dauert, immer wieder neue Durchgangsstationen sind, um Erfahrungen zur spirituellen Weiterentwicklung möglich zu machen.

Freilich stirbt der physische Körper am Ende eines jeden Lebens, welches eine einmalige und unwiederbringliche Existenz darstellt, die sich in dieser Einzigartigkeit nicht wiederholt. Aber die Seele – ihr energetischer Impuls – ist unsterblich, diese Seele sucht immer wieder nach neuen Entfaltungsstufen und geistigen sowie spirituellen Entwicklungsmöglichkeiten mittels physischer Erlebnisse und Lernprozesse.

In den Seelenaufzeichnungen sind alle Erfahrungen aller Lebensspannen gespeichert. Aber der jeweils neue Körper besitzt meist keine verstandesmäßige Erinnerung an die Speicherenergien. Im Unterbewusstsein jedoch ist alles vorhanden. Daraus ergibt sich der sogenannte Bewusstseinszustand, der das Handlungsniveau, die positiven Verhaltensweisen und emotionalen Selbstverständlichkeiten ebenso wie die verschiedensten automatischen Reaktionen bestimmt. Auch Ängste, negative Denkmuster, Pessimismus und zwanghaftes Verhalten werden unter anderem aus dieser Quelle gespeist.

Viele Menschen betrachten den Umgang mit der historischen Vielfalt als etwas Überholtes, Unzeitgemäßes oder sogar Gegenwartsfeindliches. Die Erkenntnis und überliefertes Wissen aus der Vergangenheit sind jedoch die Basis unserer Zivilisation und Kultur. Tradition und Fortschritt müssen immer Hand in Hand gehen, denn Erfahrungen sind gelebtes Leben. Bewusstes Aufbauen auf erlebter Erfahrung ist unverzichtbar für jede kreative Weiterentwicklung, für jede effektive Tätigkeit und für jeden bewussten Schritt nach vorne – in die Zukunft.

Das gilt ebenso für das Kollektiv wie für jeden Einzelnen. Würde die Menschheit öfter in den Spiegel der Geschichte blicken und die daraus lesbaren Lernerfahrungen in der Gegenwart im täglichen Alltag anwenden, könnte dadurch eine viel raschere Vorwärtsbewegung stattfinden. Kleine persönliche und große globale Kriege und Probleme jeder Art ließen sich vermeiden ...

Nur wenn viele Individuen bereit sind, Veränderung in sich selbst zuzulassen und aus den Fehlern der Vergangenheit zu lernen, kann auch im kollektiven Bewusstsein die für den künftigen Fortschritt nötige Transformation wirksam werden.

Nicht zu Ende geführte Aktionismen oder unbewältigte Verursachungen – geistiger ebenso wie physischer Natur – verlangen irgendwann früher oder später und manchmal erst nach mehreren Leben nach Ausgleich, Erledigung oder

Neuorientierung und Weiterentwicklung. Überall dort, wo gegen spirituelle Gesetzmäßigkeiten gehandelt wird, benötigen die Wirkungen der gesetzten Ursachen eine ausgleichende Bewegung beziehungsweise neue Herausforderungen und machen damit neue Wachstumschancen möglich. Auf bereits abgeschlossene Prozesse aufbauende Ursachen sind dann erworbene Verdienste, die als die großen Hilfsenergien in schwierigen Situationen Beistand leisten.

Vieler Menschen Leben laufen ab wie Automatismen und werden abgespult, ohne dass Neuorientierungen und entscheidende Entwicklungen stattfinden. Gewohnheit reiht sich an Gewohnheit, die Identifikation mit physischen Belangen ist meist einzig bedeutsamer Lebensinhalt. Wir funktionieren oft unbewusst in diesen automatischen Abläufen der immer gleichen Verhaltensmuster – im Alltagsgeschehen ebenso wie im Umgang mit unseren Mitmenschen.

Trotzdem sind auch solche Lebensstationen von Bedeutung, weil sie zu einem Reservoir unterschiedlichster Erfahrungen anwachsen. Das Fenster der Erinnerung öffnet sich meist aber nur auf solche Stationen, deren Spuren noch bis in das heutige Leben hereinreichen, sei es als spürbare Herausforderungen, als Belastungen, die noch nicht vollständig bewältigt werden konnten oder als Lebensglück sowie als besondere Begabungen....

Erst in einer Anzahl durchlebter Begebenheiten kann die Kraft erworben werden, die es ermöglicht, bestehende hohe Mauern abzutragen oder das in jedem angelegte geistige und seelische Potenzial ohne neuerliche Rückschritte weiterzuentwickeln. Erkenntnis ist das wichtige Instrument und Hilfsmittel dafür.

Was von den geistigen Energien mitgenommen wird in ein neues Leben, sind in erster Linie die emotionalen Verstrickungen, die Beweggründe des Handelns, Verletzungen ebenso wie Wohltaten, die wir anderen zugefügt haben oder deren Opfer beziehungsweise Nutznießer wir waren sowie permanent praktizierte Gedankenformen. Der Energievorrat der daraus gewonnenen Erfahrungswerte wird eingebracht in das Lebensmuster der neuen Inkarnation. Solcherart ist das Speicherpotenzial der neuen Handlungsbasis, die sich aus diesen Energiestrukturen zusammensetzt, die dann dem Leben eine entsprechende Richtung weisen.

Äußerer Ruhm und sozialer Status sterben unwiederbringlich mit dem Körper, aber die Erinnerung an jede Erfahrung – welcher Art auch immer – ist im Unterbewusstsein gespeichert wie Software in einem Computer. Wem es vergönnt ist, den „Mausklick" zu finden, mit dem sich der entsprechende Ordner öffnen lässt, der hat Zugang zu den gespeicherten Erinnerungen und zu all jenen Mustern, welche seine persönliche Prägung bilden.

Neugier oder Sensationslust als Motivation für die Suche nach gespeicherten Erinnerungen sind meist schlechte Ratgeber. Erkenntnisse über abgelebte Lebensstationen haben den einzigen Sinn und Zweck, sich selbst besser zu erkennen. Es gilt, aus den Erfahrungen zu lernen, um das gegenwärtige Leben besser zu meistern, Konflikte besser zu bewältigen und nicht immer wieder in gleichen Verhaltensreaktionen zu agieren. Solche Einsichten dienen dazu, daran zu erstarken, das Bewusstsein zu erweitern und gegenwärtige Gegebenheiten mittels neu gewonnener innerer Einstellungen zu bewältigen.

Vor allem aber heißt das, bedingungslos „Ja" zu sagen, um sich der Konfrontation mit dem eigenen Selbst und seinen Geheimnissen zu stellen. Dann kann das Leben als sinnvoll erfahren werden und es öffnet sich ein Weg zu besseren Konditionen für die Zukunft. Es besteht keine zwingende Notwendigkeit für derartige Rückerinnerungen, aber für den einen oder anderen kann es eine große Hilfe sein, sich dadurch seines unsterblichen Seins bewusst zu werden.

Es gibt viele Wege zur Wahrheit und folglich ebenso viele Teilwahrheiten, die schrittweise zum Ziel führen. Oft finden sich jedoch auf der Suche nach dem „Warum" bestimmter Geschehnisse oder Gefühlsverirrungen keine plausiblen Antworten. Das Nachforschen im eigenen Inneren kann diese jedoch bereitstellen – Antworten, die sich als Schritte auf dem Entwicklungsweg dem augenblicklichen Bewusstseinsstand und der Verständnisebene des Mentalen exakt anpassen und folglich auch veränderlich sein können. Zu Zeiten bedürfen wir alle so mancher Revision oder Neuformung, um die nächste Stufe zu erklimmen ...

Die im Folgenden erzählte Geschichte von Marisa dreht sich um ihre persönlichen Erlebnisse als ein Beispiel aus vielen individuellen Möglichkeiten, wie ähnliche Situationen und Begegnungen durch viele Inkarnationen hindurch in jeweils veränderter äußerer Form neu belebt oder weiterentwickelt werden können.
Der Blick in den Spiegel der eigenen Vergangenheit war für Marisa ein unerhört aufregendes und gewinnbringendes Abenteuer von essenzieller Bedeutung, aus dem ihre Gegenwart in einer neuen Sichtweise erstehen und sich vorwärts bewegen konnte. Eigene Stärken und Schwächen kamen verstärkt ans Tageslicht, vieles wurde ihr dadurch verständlicher. Die Machtlosigkeit in manchen Schwierigkeiten, deren Knoten sich nicht so ohne Weiteres lösen ließen, erforderte von ihr, die Stationen möglichst

geduldig und ohne großen Widerstand durchzustehen. Andererseits bot aber so manches Gefangensein in psychischen oder physischen Gegebenheiten die Chance, mithilfe einer übergeordneten Perspektive das Verhalten entscheidend zu verändern und sich damit aus der Einengung oder Stagnation zu befreien.

Die Empfindungen und Reaktionen beim Zusammentreffen mit Personen und Situationen, mit denen ein karmischer Zusammenhang besteht, sind meist sehr ähnlich. Zu Beginn ist eine solche Begegnung oft von großer Faszination geprägt oder im umgekehrten Fall von ebenso großer Abneigung oder unerklärlichem Missfallen. Positives wie negatives Reaktionsverhalten zeigt sich mit gleich starker Energieaufladung, nur verschieden gepolt. Aber in beiden Fällen ist eine starke Bindung die Folge, der wir emotional unter Umständen lange verhaftet bleiben. Manchmal schaukeln auch Anziehung und Abneigung in wechselnden Wellenbewegungen hin und her. Ziel ist dabei, die Energiepole in Balance zu bringen, alte Fehlenergien auszuarbeiten und in ein harmonisches Kraftfeld zu verwandeln – oder sich ganz von der Altlast zu befreien.

Je nach der Art der Ursprungsursachen kann das unter Umständen viele Jahre oder ein ganzes Leben dauern, oder aber auch nur eine zeitlich begrenzte Episode beanspruchen. Ist der Hintergrund für den Sinn und die Chancen solcher Beziehungen nicht von Bewusstwerdung und Akzeptanz untermauert, laufen wir leicht Gefahr, in alten, automatisch ablaufenden Reaktionsverhalten zu verharren und die eingefahrenen Strukturen zu wiederholen oder gar zu verstärken. Statt Altlasten abzutragen und aufzulösen, bauen wir dann neue Mauern und erneute Belastungen auf – die folglich wiederum in die nächste Zukunft reichen müssen.

Deshalb sind oft viele Leben von ähnlichen, sich wiederholenden Mustern durchzogen, bis die Kraft zum

Loslassen und der Wille zur Veränderung einen nächsten Schritt oder einen spirituellen Quantensprung in der individuellen Entwicklung möglich machen.

Da in der inneren Wahrnehmung der Zeitfaktor ausgeschaltet ist, kann Vergangenheit und Gegenwart gleichzeitig stattfinden beziehungsweise wahrgenommen werden. Persönliche Speicherungen sind folglich auch Teil des kollektiven Gedächtnisses und so können sich emotionale Inhalte und faktische Abläufe auch an kollektiven Geschehnissen orientieren und inhaltlich damit enge Bezogenheit aufweisen. Dennoch handelt es sich dabei stets um individuelle Erfahrungsprozesse.

Marisa

Marisas Geschichte ist keine chronologisch exakte Abfolge alltäglicher Ereignisse. Vielmehr rollen ihre Erlebnisse eindrucksvolle Begegnungen auf, deren Wurzeln in zurückliegenden Jahrhunderten ihren Boden haben. Es sind Erinnerungen an die wichtigsten Stationen ihrer vergangenen Inkarnationen und deren Verwobensein mit dem gegenwärtigen Leben. Wie ein Film – ja, viele Filme, die nun abgedreht sind, jedoch einst gelebte Realität waren. Die lebendig erinnerten inneren Bilder, welche im rhythmischen Wechsel in ihr auftauchten, zeigten sich mal intensiver und mal spärlicher. Manchmal bestanden sie nur aus fragmentarischen Episoden, aus der Essenz einer kurzen zentralen Begebenheit. Zu anderen Zeiten durfte sie detailgenaue Gemälde ganzer Lebensabschnitte betrachten, farbige Porträts und Beziehungsmuster, heitere Situationen oder tragische Gemütsbewegungen. Diese Bilderfolgen waren ihr ein großes Geschenk – sie ließen Marisa bewusst werden, welche vorausgegangenen persönlichen Hintergründe und nachwirkenden Beziehungsgeflechte sich zum neuen Mosaik ihres gegenwärtigen Lebens geformt hatten.

Marisas Lebens-Rückblicke erfuhren phasenweise durch Träume, Wahrnehmungen verschiedenster Art, Begegnungen und besondere Ereignisse immer wieder eine Belebung, ergänzende Ausweitung und erneute Bestätigung. Sie beschäftigte sich als Folge davon viel mit dem Rhythmus, den Zyklen und Gesetzmäßigkeiten, nach denen sich das Leben abspielte. Sie dachte über Reinkarnation und religiöse Standpunkte, über Realität und Illusionen nach. Meist war sie sehr vorsichtig mit Äußerungen über persönliche Bezüge zu früheren Lebensstationen, denn sie wollte nicht für eine illusionäre Träumerin gehalten werden. Dennoch war sie auch bereit, ihre Erlebnisse und Geschichten mit Gleichgesinnten zu teilen, dann lag ihr das Herz auf der Zunge und ihr übersprudelnder Mitteilungsdrang ergoss sich über ihre Lippen. Manchmal entspann sich daraus ein erhitzter Disput, so manches Gemüt pflegte das Thema der Wiedergeburt als Illusion in Zeit und Raum oder als eine imaginäre Spielwiese abzutun. Doch Marisa ließ sich davon nie beirren. Für sie waren ihre Erfahrungswelten gelebtes Leben.

Sie verglich das stetige Werden und Vergehen als bildhaftes Gleichnis mit dem Lebenskreislauf der Bäume. Wenn im Herbst die welken Blätter fallen, werden sie zum Humus, aus dem wieder neues Leben erwächst. Jedes Frühjahr, wenn der Baum die frischen jungen Triebe erneut aus seinen alten

Wurzeln speist, reckt sich seine Gestalt in Höhe und Breite und er wächst buchstäblich über sich selbst hinaus. Auch jedes neue menschliche Leben birgt das Potenzial einer geistigen Entwicklung und die Chance eines Wachstums von Bewusstsein. Jede Erfahrung dient dazu – jeder gegenwärtige Gedanke formt die neue Zukunft.

Marisas Leben war von vielen zwischenmenschlichen Beziehungen geprägt, die nicht selten ausdrücklich emotional und intensiv beschaffen waren – oft nur Durchlaufstationen von kurzer Dauer, die sich ebenso schnell wieder verflüchtigten wie sie entstanden. Sie war sich dessen bewusst, dass die meisten menschlichen Begegnungen, mit denen das Leben sie konfrontierte, keineswegs zufälliger Natur waren. Sie erfuhr – ob wohltuend oder unangenehm – die Tragweite und Bedeutung jeder einzelnen Verbindung in emotionaler Dichte, war damit einverstanden und bejahte das Erleben vollständig. Sie zweifelte nicht daran, dass die Verbindungen, die ihr wichtig waren und wirklich nahegingen, etwas ganz Bestimmtes mit ihr zu tun hatten. Wenn sich ein Kontakt als Quelle gegenseitiger Resonanz und Stimulanz herausstellte und ein automatisches Reaktionsverhalten hervorbrachte, dann spürte Marisa, dass sie auf einen Menschen getroffen war, den ihre Seele bereits irgendwoher kannte oder wiedererkannte – egal, ob sich ihr Inneres anziehend oder ablehnend verhielt, ob sich eine harmonische oder konträr geladene Stimmung über die Begegnung legte. In ihr erwachten unbewusste Sequenzen oder auch bewusste Erinnerungen an etwas bereits Gewesenes, an gemeinsame Stationen in vergangenen Leben, die im Getriebe ihrer derzeitigen Inkarnation wieder auftauchten und die unverwechselbare Ausformung ihrer

Seele in jener Gegenwart offenbaren. Das Gestern und das Heute trafen sich darin wie Geschwister.

Marisas Überzeugung sprach von der Reinkarnation als einem Lebensgesetz, das nicht nur für sie, sondern für jedermann Gültigkeit besitzt. Sie wusste, dass die Lebenskraft einer immer wiederkehrenden Seele Bestand hatte – unabhängig von religiöser Ausrichtung oder philosophischer Zugehörigkeit. Sie erlebte sich selbst im ewigen Kreislauf der Erneuerung und betrachtete mit dem Blick nach hinten alle Ursache und Wirkung ebenso wie im Blick nach vorn. Die Vergangenheit selbst war die richtungsweisende Position, aus der heraus Befreiung zu erlangen sein musste.
Das war Marisas Wahrheit. Wenn sie sich Schwierigkeiten und Hindernissen gegenübersah, wusste sie auf ganz tiefe Weise, aus welchen ereignishaften Rinnsalen sich diese einst zusammengebraut hatten. Wenn ihr Glücksmomente und Liebe ohne große Anstrengung zufielen, reichte sie mit den Tentakeln ihrer durchdringenden Wahrnehmung in sich selbst so weit hinab, bis sie die Wurzeln früherer Generationen berührte. In manchen Situationen war sie sogar schicksalhafter Handlungsohnmacht ausgeliefert. Es kam auch vor, dass sie eine unüberwindliche Abneigung oder ein unerklärliches Misstrauen in Bezug auf bestimmte Menschen empfand. Dann lernte sie mit offenen Augen. Sie blickte forschend auf die sich automatisch abspulenden inneren Reaktionen, als läse sie sorgfältig kartografierte Schaltpläne. Ihr Herz folgte den Spuren früh angelegter Überzeugungen, dem Alter der Gedanken, dem Strom aller Worte, dem Karma ...

Nach und nach bewegte sich Marisa immer elastischer mit dem Fluss ihrer Beziehungen mit, sie änderte ihre innere Haltung und ihr äußeres Verhalten augenblicklich, sobald ihr ein Muster, eine Wiederholungsspur, eine alte Weise widerfuhr. Wenn sie an einem emotionalen Ausgangspunkt stand, wenn das Herz noch so zart klopfte, dass nur eine winzige Ader im Handgelenk es in einem zittrigen Schauer vernahm, hielt sie inne und lauschte darauf, dass es deutlicher zu ihr spräche. Dann löste sie sich von alten Dingen, die sie endgültig verabschiedete, weil diese sich ganz plötzlich nicht mehr sinnvoll anfühlten, weil sich etwas ein für allemal erledigt hatte. Oder aber sie trat – ganz sehenden Auges – noch vollständiger ein in eine Verantwortung, eine Verpflichtung oder eine karmische Lernaufgabe, die noch nicht erfüllt war. Sobald Marisa – selbst wie auf einer Bühne spielend – ihre Reaktionen und Erwiderungen betrachtete und ihrem Bewusstsein zuführte, wurde es stiller, leichter, friedlicher. Sie nutzte diese erhellenden Gelegenheiten, um sich von unbeweglichen Dressuren und fest gewordenen Zwanghaftigkeiten zu verabschieden. Sie verschwendete keine Regung mehr daran, auch wenn die Versuchung manchmal groß war, an einem bestimmten Punkt einfach stehen zu bleiben und nicht mehr weiterzugehen. Dann legte sie die schmale Hand schirmend an die Stirn, als blendete sie das Licht ihrer eigenen Erkenntnis. Ihre Orientierung erneuerte sich, ihr Organismus münzte sich um auf Genesung. Marisa hielt Ausschau nach ihrer Spur.

So rankt sich Marisas Geschichte um Episoden aus ihren vergangenen Leben, welche als individuell erlebte Erfahrungen – teilweise in historisch zugeordnetem Ambiente – eine von vielen Möglichkeiten infolge verschiedener Lebensstationen repräsentiert. Zwischenmenschliche Beziehungen zeigen sich mit zum Teil immer wiederkehrenden Mustern, ähnlichen Inhalten in jeweils anderer Verpackung, das heißt in unterschiedlichen äußeren Zusammenhängen.

Dabei mag es seltsam anmuten, dass die hier dargestellten Erinnerungssequenzen eine gewisse Einseitigkeit und Wiederholungsstruktur in Bezug auf das soziale Umfeld und die zu bewältigenden Lernaufgaben aufweisen. Die Akasha-Aufzeichnungen geben nicht alle Geheimnisse preis. Ganz sicher wäre nicht jedes gespeicherte Detail sinnvoll und konstruktiv in seiner Wirkung. Die Erfahrungswerte der im Dunkel der kollektiven Chronik verbliebenen Sequenzen sind zwar als unterbewusste Verankerung Bestandteil von Marisas gegenwärtigem Seinszustand, haben aber offenbar ihre Ausgleichsfunktion bereits erfüllt. Sie waren Bausteine für die jeweiligen Folgeinkarnationen, die aus einer Vielzahl herausragten, aber deren Eigendynamik nicht mehr im Licht bewusster Erinnerung erscheinen musste. Somit machten nur die besonders markanten Lebensumstände aus Marisas Akasha-Chronik auf sich aufmerksam, für die im Heute noch Ausgleichspotenzial bestand und die wichtig waren, um Marisas Verständnis für die Gegenpoligkeit ihrer gegenwärtigen Lebenslage zu stärken. Das Fenster hatte sich vorzugsweise für solche Erinnerungsbilder geöffnet, die in Bezug standen zu den Begegnungen, mit denen Marisa gegenwärtig konfrontiert wurde, zu den Personen, die sie „zufällig" traf und die zu ihrem näheren oder ferneren Bekanntenkreis zählten. In den Bildern und Fragmenten aus vergangenen Zeiten fand sie jeweils die Hintergründe für die innere Energetik, die sie mit den Menschen verband, mit denen sie im Laufe ihres gegenwärtigen Lebens in Verbindung trat.

Im Folgenden markieren *kursiv* gedruckte Textstellen Einsichten in Erlebnisse aus vergangenen Zeiten.

Marisas Begegnungen

Venezianische Impression

Die ersten Erfahrungen sogenannter Dejá-vu-Erlebnisse hatte Marisa besonders häufig in der Kindheit und Jugend und sie bezogen sich zunächst vor allem auf Orte und Landschaften. Die stärksten Eindrücke sammelte sie auf ihren Reisen. In Italien fühlte sie sich immer ganz zu Hause. Friaul, das Veneto und Venedig selbst waren am aufregendsten. Der Geruch von Lagune und Meer war etwas ganz Besonderes, er versetzte sie fast in eine Art Rauschzustand. Wenn sie durch die schmalen Gassen und über die unzähligen Brücken Venedigs schlenderte, war es ihr so leicht, als hätte sie viele Gläser Champagner getrunken. Ausgelassene Fröhlichkeit mischte sich mit melancholischer Besinnlichkeit. Wenn es ihr als junges Mädchen gelang – gegen den Willen ihrer Mutter Gina – ohne Begleitung durch die italienische Stadt zu schlendern, kam in ihr das Gefühl auf, ganz heimisch zu sein. Hier kannte sie sich aus und fand ohne zu zögern den Weg. Ganz allein mit sich selbst, öffneten sich ihre sensiblen, empfangsbereiten Antennen, mit denen sie die sie umgebenden Eindrücke einfing. Sie verspürte keine Angst oder Unsicherheit, niemand sprach sie an, sie wurde kaum wahrgenommen von den vorbeieilenden Menschen. Sie atmete tief und sog die milde Luft ein, als sei es Rosenduft. Die Gerüche in Venedigs Gassen übten eine ähnliche Wirkung auf sie aus wie die mediterrane Macchia auf den Inseln des Mittelmeeres. Das, was sie fühlte, wenn sie Zwiesprache hielt mit den historischen Gebäuden, mit Pflanzen und Gewässern an bestimmten Orten, ließ sich nur schwer in Worte fassen.

Marisa schloss jeden Zweifel aus, als sie ihre Empfindung einmal auszudrücken versuchte: „Es stellt sich blitzschnell ein Zugehörigkeitsgefühl und eine Vertrautheit ein, obwohl ich ganz genau weiß, hier war ich nie zuvor, das sehe ich zum ersten Mal in meinem Leben. Und doch kenne ich diesen Ort!" An vielen Orten war es ihr so ergangen, ganz besonders in den jüngeren Lebensjahren, beispielsweise als sie ihre ersten Eindrücke sammelte – hier, in der Lagunenstadt. Marisa verbrachte damals die Ferien am Lido di Venezia. Ihr erster Besuch in der Kirche Santa Maria della Salute stand eines Morgens auf dem Tagesplan, deshalb fuhr sie mit dem Vaporetto zur Besichtigungstour nach Venedig hinüber. Sie war total in ihrem Element. Der schaukelnde Wasseromnibus fuhr in den Bacino di San Marco ein und vor ihr erglänzten Venedigs Prachtbauten in der gleißenden Sonne. Die imposante Silhouette von Santa Maria della Salute rückte immer näher.

Dieses erhabene Bauwerk mit den prachtvollen Voluten als Unterbau der majestätischen Kuppel zweiteilte den Bacino in den Canal Grande und den Canale della Giudecca. Hier zog es sie hin, zu diesem wundervollen Kirchengebäude.

Marisa marschierte nun vorbei an der Seufzerbrücke, deren Wölbung einen Seitenkanal bis hinüber zum majestätischen Palazzo Ducale überspannte. Dessen ungewöhnliche Architektur aus massigem Mauerwerk und filigranen Säulenarkaden bot einen überwältigenden Anblick. Weiter ging es am Campanile vorbei zur Piazza San Marco, dem größten Platz der Stadt – Tummelplatz unzähliger Touristen und Tauben. Jetzt blieb sie in Staunen versunken vor der Fassade der Markuskirche stehen, es war ein magischer Moment. Diese einzigartige Komposition reichen Zierrats an der prachtvollen Fassade und die vier byzantinischen Bronzepferde, die einst aus Konstantinopel nach Venedig gelangt waren, faszinierten sie. Der grandiose Anblick der im

Sonnenlicht funkelnden Tierstatuen blieb ihr im Gedächtnis haften und war eines Tages zu einer bloßen historischen Erinnerung geworden. Spätere Besuche in Venedig brachten ihr an diesem Platz eine herbe Enttäuschung, denn die vergoldeten Pferde, die so majestätisch an der Fassade der Markuskirche geprunkt hatten, waren irgendwann durch glanzlose Kopien ersetzt worden. Die Originale fanden sich immerhin im Museum wieder.

Doch an diesem Morgen verfiel Marisa wie gebannt dem ganzen Stolz der blinkenden Rosse, sie ging vorbei am Teatro La Fenice, überquerte sodann den Campo Santo Stefano und steuerte auf die Accademia Brücke zu, die den Canal Grande überführt. Sie verweilte etwas auf der hölzernen Brückenkonstruktion, die noch aus der Zeit stammte, als Venedig zur österreichischen Monarchie gehörte. Ihr Blick folgte beeindruckt zu beiden Seiten dem Verlauf der berühmten Wasserstraße. Dann strebte sie weiter zur Salute-Kirche, stieg schließlich die sich steil hochschraubenden Stufen hinauf und betrat voller Ehrfurcht das Kircheninnere. Der Messdiener schmückte gerade einen der Seitenaltäre des herrlichen, barocken Kirchenraumes mit frischen Blumen. Als Marisa für eine Weile bei ihm stand und sein Werken beobachtete, begann er zu sprechen und erklärte das berühmte Altargemälde von Tizian, welches eine Darstellung des „Pfingstwunders" zeigte. Ehrfürchtig und in gedämpftem Flüsterton teilte er der gebannt Lauschenden wortschwallend mit, dass er eben für dieses Kirchenfest die duftenden Blumengebinde auf den Altar stellte. Die Festa della Salute sei zwar erst im November, jedoch werde zu jedem anderen Fest des Kirchenjahres das Gotteshaus feierlich dekoriert. Diese Aufgabe sei immer wieder eine unbeschreibliche Freude und ein weihevoller Kirchendienst für ihn.

Als Mutter Gina später erstaunt fragte, ob sie denn den Mesner verstanden habe, wurde ihr erst bewusst, dass er italienisch gesprochen hatte. Die junge Marisa war aber zu jenem Zeitpunkt des Italienischen noch nicht kundig, und nun schien es ihr selbst seltsam, dass sie trotzdem seiner Erzählung hatte folgen können. Für Momente war sie eingetaucht in ein anderes Bewusstsein und verfügte über eine außerordentliche Wahrnehmungsfähigkeit. Sie war sich ganz sicher, jedes Wort ohne jede Anstrengung verstanden zu haben.

John

Neben Italien waren Wien und Paris die Lokalitäten, die Marisa ähnliche Affinitäten spüren ließen. Ihre Gefühle assoziierten weitere und offenere Bilder und Inhalte, als sie selbst wissen konnte – und das nicht nur beim ersten Besuch, sondern immer wieder auf das Neue. Vor allem auf späteren Reisen und in Verbindung mit fremden Menschen, denen sie dort begegnete. Denn ihre Déjà-vu-Erlebnisse ließen sich später nicht nur auf geografische Orte beschränken, sondern stellten sich in erster Linie während vieler Begegnungen mit Menschen ein – da vor allem! Plötzlich signalisierte ein blitzartiges „Wiedererkennen", dass es sich um eine lange zurückliegende Beziehung handelte, oder wies auf eine tiefere nähere Seelenverbindung hin. Diese spontanen Eingebungen wurden ihr im Laufe der Zeit in zunehmendem Maße selbstverständlich und vertraut.

Bewusst erlebte sie das zum ersten Mal bei John, ihrem Ballettmeister in der Ballettschule. Sie war vom ersten Moment an von ihm begeistert, war magnetisiert von seiner Erscheinung und der Eleganz seiner Bewegungen. Freude und Bewunderung durchzuckten sie, wenn er zu sprechen begann. Dabei sandten seine Augen kleine sprühende Blitze aus. Marisa sagte still zu sich selbst: „Oh mein Gott, er ist ein ganz anderer als der, den ich hier vor mir sehe. Er kommt von weit her und ich kenne ihn. Er ist wieder da!" Innerlich brach sie in Jubel aus über dieses Erkennen. Tagelang war sie vollkommen aufgewühlt. Wochenlang konnte sie an nichts anderes denken, bis ihr klar wurde, dass sie sich unsterblich in John verliebt hatte. Sie trainierte wie besessen, wollte so rasch wie möglich Fortschritte machen und eine brillante

Tänzerin werden, um ihm zu imponieren und seinen Erwartungen zu genügen.

Eines Tages, als die Tänzerinnen eine neue Kombination von Schrittfolgen probten, saß John neben dem Ballettrepetitor am Klavier und für Marisa schien er ganz in eine rosa Wolke eingewoben zu sein. Als sich auf einmal eine Art von Schleier öffnete, war es ihr, als spiele John eine Laute. Spontan schob sich eine Folge von Bildern in ihre Wahrnehmung, mittels derer sie Einblick bekam in folgende, weit zurückliegende Begebenheit:

Auf einem herrschaftlichen Gut in südlicher Landschaft scharte sich eine illustre Gesellschaft von Gästen um die Gutsherrin. Dichter und Musiker lasen und spielten ihre Werke. Es wurde gesungen und getanzt... Unter ihnen sang John zur Laute Madrigale und Liebeslieder. Die Stimmung war fröhlich und voll heiterer Beschaulichkeit. Alle genossen die Unbeschwertheit der friedlichen Atmosphäre ...

Marisa schreckte auf, als die Realität die Bilderfolge wieder verdrängte. Woher kam die Empfindung, was sollte das bedeuten? Schnell wurde ihr klar, dass sich ihr durch eine seherische Öffnung Bilder aus vergangener Zeit gezeigt hatten. Doch sie fragte sich, wo sie einen passenden Bezug dazu finden konnte? Dass es sich um ein Fragment aus einer anderen Zeit und Geschichte handelte, schien ihr selbstverständlich, der genauere Zusammenhang sollte ihr jedoch erst später klar werden. Die Tagesordnung des Tanztrainings forderte rasch wieder ihre Aufmerksamkeit, und so verdrängte sie schnell die außergewöhnliche Wahrnehmung.

Als hochbegabter Choreograf fand John immer neue faszinierende Ausdrucksmöglichkeiten, um Musik in die Sprache körperlicher Bewegungen umzusetzen und seine Tänzer zu motivieren. Er versuchte, den Tanzeleven Leichtigkeit, Einfachheit und scheinbare Mühelosigkeit zu vermitteln – die drei am schwersten erreichbaren Qualitäten.

Er lehrte seine Schüler das Wesen der Kunst, die höhere Mission künstlerischer Arbeit, die nicht der Selbstdarstellung dienen darf, sondern deren Sinn und Ziel es sein muss, Mittler zu sein für ein Ideal, für geistige Inspiration, für die Überhöhung des Alltäglichen. Dahinter müsse persönliche Sehnsucht und individueller Wunsch ganz zurücktreten, das gelte für den emotionalen wie für den persönlichen Ausdruck der Darbietung.

Marisa begriff bald, dass John für sie unerreichbar bleiben würde und sich auf keinen Fall privat für sie – die junge Ballettratte – interessierte. Sie hatte womöglich zu viel in seine Freundlichkeit hineininterpretiert. Sie ahnte, dass ihre Verliebtheit irgendetwas mit dem Erlebnis ihrer kurzen Vision zu tun haben musste. Unter Aufbietung ihrer gesamten Vernunft erreichte sie schließlich den logischen Standpunkt, dass ihre Gefühle für John jeder Möglichkeit zur Realisierung entbehren. Das machte sie sich klar.

Eines Nachts träumte sie, John würde sich von der Ballettschule trennen, um im Ausland Karriere zu machen. Nun musste sie sich innerlich von ihm lösen. Zuerst wollte sie das nicht wahrhaben und hielt das alles für eine Verlustangst, die sich im Traum widerspiegelte. Aber etwa ein Jahr später verließ er ganz plötzlich die Stadt. Er hatte eine reiche Tante beerbt, ging nach New York und nahm dort seinen Wohnsitz, wo er größere Chancen für seine berufliche Arbeit sah.

Marisa brauchte lange, um diese Trennung zu verkraften, und sie sah John nie wieder. Die bildhafte Episode aus vergangener Zeit blieb ihr jedoch im Gedächtnis haften. Würde sie jemals die entsprechende Geschichte aus der Vergangenheit finden, aus der sie sein Lautenspiel vernommen hatte? Sie war sich sicher, eines Tages den ganzen Zusammenhang verstehen zu können. Und es sollte nicht lange dauern, bis ihr innerer Film den historischen Bezug dazu abspulte. Davon wird noch die Rede sein.

Maxim

Einige Zeit nach Johns Abschied von der Ballettschule beschloss Marisa nach reiflichen Überlegungen, ihre Ausbildung zur Tänzerin in Wien fortzusetzen. Allerdings waren Zweifel in ihr aufgetaucht, ob sie sich wirklich ganz dem Tanzen verschreiben sollte, ob das der richtige Weg für sie sei oder ob nicht sogar eine andere künstlerische Ausrichtung ihr hätte mehr Erfüllung bringen können. Noch war sie sich über ihre Aufgabe im Leben nicht im Klaren, und sie fragte sich wiederholte Male, ob Wien der passende Ort für sie war. Sie wollte eine Entscheidung herbeiführen, um ihrem Lebensweg eine Richtung zu geben.

Allerdings hatte ihr erster Besuch – in sehr jungen Jahren – in der österreichischen Hauptstadt keinen guten Eindruck bei ihr hinterlassen. Kaum dort angekommen, war sie von starker Übelkeit geschüttelt worden, sodass die Vorfreude auf ihre Traumstadt großer Enttäuschung gewichen war. Auch spätere Kurzbesuche in Wien belegten ihr Gemüt stets mit einer bleiernen Schwere, die sie zu erdrücken drohte.

Aber nach und nach hatte ihre immer neu aufkeimende Liebe zur Stadt an der Donau die Oberhand gewonnen – eigentlich konnte sich Marisa nichts Aufregenderes vorstellen, als dort zu leben. Ihr gefielen die prächtigen Bauten aus verschiedenen Epochen, die gepflegten Parkanlagen, die alten Kaffeehäuser – überhaupt die ganze Atmosphäre mit ihrem nostalgischen Charme. Die österreichische Metropole war für sie die Weltstadt und der Olymp im Hinblick auf Musik und Theater. Das Opernhaus wurde fast zu einem Zuhause, jeden freien Abend verbrachte sie im Zuschauerraum, um all die kostbaren Schätze der Opernliteratur in beispielhaften

Aufführungen zu erleben ... um wieder neu zu entdecken, was in ihrer Kindheit ihr Vater so wunderbar auf dem Klavier gespielt hatte. Es war ihr alles so vertraut, und nun kehrte es in einem neuen aufregenden Wiedererleben zu ihr zurück. Ob im Stehparterre oder in der obersten Galerie – jede dort verbrachte Minute hinterließ in Marisa einen großen unauslöschlichen Eindruck.

Und dann kam der Tag, an dem sie Maxim das erste Mal begegnete. Es war ein milder Frühlingsabend im Mai. „Don Giovanni" von Mozart stand auf dem Spielplan, und Maxim dirigierte die Aufführung. Er war einer jener großen Dirigenten, die als Spiritus Rector einer Opernaufführung als bedeutende Künstlerpersönlichkeit gefeiert wurden. Auch diesmal hatte Maxim seinem Publikum wieder einen brillanten Abend beschert – eine Aufführung der Sonderklasse, die das Haus in tosenden Beifallsstürmen erzittern ließ. Auch Marisa konnte sich dieser Euphorie nicht entziehen, schon seit längerer Zeit gehörte sie zu seinen Bewunderinnen.
Diesmal hatte er seine Freunde zum Empfang nach der Vorstellung eingeladen. Hetty, Marisas befreundete Ratgeberin, nahm sie zur Premierenfeier mit. Maxim war strahlender Laune und auch hier umrauschte ihn der Beifall von allen Seiten. Er scherzte mit den Anwesenden und genoss es, der gefeierte Mittelpunkt zu sein. Er war überaus charmant und liebenswürdig zu all seinen Gästen und fand für jeden ein persönliches Wort.
Als Marisa ihm die Hand reichte, durchzuckte sie ein heißer Strom. Maxims Augen leuchteten wie Sterne, die zu einem sprühenden Feuerwerk entbrannten wie Wunderkerzen am Weihnachtsbaum – sie wusste in diesem Augenblick, dass sie ihn kannte. Vor ihr stand kein großer Künstler, kein Fremder, sondern ein Wesen, das ihr sehr nahe war und doch von

weither kam. Ihr ganzes Innerstes geriet in Aufruhr, ein Blitz hatte sie getroffen. Ihre unerklärliche Gefühlsaufwallung interpretierte sie als die Kraft des seelischen Wiedererkennens. Maxim war ein Fremder und doch ein Freund zugleich, vertraut und doch fern, der sich zur Vision eines Idealbildes in ihr formte.
Wer war er? Wieder und wieder stellte sich Marisa diese Frage ...

Maxim bemerkte nichts von ihrer Bewegtheit, er blickte sie freundlich lächelnd an, um sich gleich erneut den anderen Gästen zuzuwenden. Am Ende der Feier ging Marisa hinaus in die laue Nacht, schlenderte gedankenverloren zur Albertina hinüber und bog in die Augustinerstraße ein. Vor der hell erleuchteten Michaeler Kuppel blieb sie lange in Bewunderung versunken stehen. Eingefangen vom Lichterspiel der leuchtenden Silhouette, die sich imposant vom nachtschwarzen Himmel abhob, gelangte sie schließlich durch den Unterbau der Kuppel in den spärlicher beleuchteten Innenhof und sinnierte über die Eindrücke des Opernereignisses. Bestimmte Bauwerke haben oft eine magische Komponente, eine besondere Ausstrahlung, die das Fenster zur Erinnerung öffnen helfen. Jetzt wurde ihr erst klar, dass Maxim sie gar nicht bewusst wahrgenommen hatte. Er war der umjubelte Künstler, dem alle Bewunderer zu Füßen lagen, der schon morgen seinen Triumphzug in einer anderen Stadt – fern von Wien – fortsetzen würde.
Und wer war sie selbst? Eine kleine unbekannte Tänzerin, verzaubert von einer Wiener Frühlingsnacht!
Plötzlich erfasste sie eine große unerklärliche Wehmut, in deren stillem Schmerz sie versuchte, den Opernabend aus ihrem Gedächtnis auszuradieren, um nicht mehr an Maxim denken zu müssen. Sie wollte ihn vergessen, und seinen Blick, der sie getroffen hatte. Alles in ihr wehrte sich gegen die

unbewusste Erinnerung, die spontan in ihr aufstieg. Nein, sie mochte nicht noch einmal dieses ungute Gefühl empfinden, welches sich jetzt unaufhaltsam in ihrem Inneren auszubreiten begann. Es war etwas Beängstigendes, das sie zu überrollen drohte. Marisa wollte diese unerwartete Begegnung und diesen zwiespältigen Abend ganz schnell wieder auslöschen. Wie auf der Flucht strebte sie schnell nach Hause, fort aus der umklammernden Faszination der alten Gebäude.

So sehr sie sich in der Folgezeit bemühte, das Erlebte aus ihren Empfindungen zu streichen – es gelang ihr nicht dauerhaft. Der Blick Maxims war tief in ihre Seele gedrungen und verblieb unauslöschlich in ihrem Inneren.

Daraufhin beschloss Marisa von einem Tag auf den anderen, das Tanzen aufzugeben. Ganz plötzlich und unerklärlich hatte sich der Zwang, tanzen zu müssen, aufgelöst. Es bedeutete ihr nichts mehr, fühlte sich schal an, überlebt, sinnentleert. Es schien ihr, als brauche sie diese Erfahrung nicht mehr. Es haftete ihr etwas Altes, Verbrauchtes, wie aus nebelferner Zeit an. Sie hatte keine einleuchtende Erklärung dafür. Zwar erlosch ihre Liebe zur Tanzkunst nicht vollständig, aber sie selbst auszuführen, fühlte sich nur mehr als eine weit entfernte Erinnerung an, die durch die Begegnung mit Maxim ihre Lebenskraft verloren hatte. Etwas anderes wurde wichtiger und schob sich in das Blickfeld ihrer Aufmerksamkeit. Sie war dem Virus „Oper" und seiner Faszination verfallen. Die Welt des Gesangs hatte ihr die Arme geöffnet, nun wollte sie sich selbst darin niederlassen. Sie gedachte, ihre ganze Kraft in ein Gesangsstudium zu investieren, um mit der Stimme in den Formen tönender Worte neue Ausdrucksmöglichkeiten zu finden. Natürlich zog es sie vornehmlich an, auf diesem Wege Maxim näherzukommen. Eines Tages wollte sie mit ihm zusammenarbeiten können, unter seiner Leitung künstlerisch tätig zu sein – das war zu Marisas innigstem Wunsch angewachsen und fortan ihr anvisiertes Ziel. Aber zu keinem Zeitpunkt ergab sich in Folge, trotz ihrer persönlichen Erfolge, eine Chance, unter seiner Stabführung auf der Bühne zu stehen. Dieser Wunsch ging für sie nicht in Erfüllung, wie verbissen sie auch darauf hingearbeitet hatte. Lange sollte das ein Wermutstropfen in ihrem Leben bleiben – bis ihr allmählich klar wurde, dass sie sich mit ihrem Perfektionsanspruch und Erfolgszwang selbst unter Druck setzte, entspannter Haltung keine Chance gab und damit selbst den Weg zur Erlangung ihres heißen Wunsches, Maxim künstlerisch auf Augenhöhe begegnen zu können, blockierte.

Als sie dem gefeierten Dirigenten anlässlich eines seiner Gastspiele das nächste Mal begegnete, kam erneut die inzwischen verdrängte Gefühlsaufwallung an die Oberfläche und bei jeder neuen Begegnung wiederholte sich diese seltsame innere Energetik und Verwirrung. Ihre Wege trennten sich und trafen wieder aufeinander im sich wiederholenden Auf und Ab. Marisa hatte ihn inzwischen näher kennengelernt, aber ihre emotionale Schaukel wiederholte sich stets aufs Neue. Maxim wusste keineswegs, welch rätselhafte Hintergründe sie bewegten. Er bereiste die ganze Welt und reihte einen Höhepunkt seiner grandiosen Karriere an den anderen. Als bejubelter Star war er überall willkommen und dabei eigentlich nirgends zu Hause. Marisa verfolgte seine Laufbahn aus der Ferne. Was erwartete sie? Glaubte sie wirklich an eine persönliche Beziehung mit ihm. Sie wusste sehr wohl, dass das absurd war. Er war mit Conny verheiratet. Auch wenn sich zeitweise deren private Wege trennten, blieben beide doch als Familie mit ihren Kindern untrennbar zusammengeschweißt. Der verzweigte Familienclan traf sich regelmäßig zu gemeinsamen

Festivitäten, auf Reisen, bei Gastspielen und anderen Events. Trotzdem war der gefeierte Künstler auch der Schmetterling, der von Blume zu Blume schaukelte und den Honig eines süßen Augenblicks genoss. Nach einem oberflächlichen Glückstaumel, der automatisch zu schmerzlicher Leere verglühen würde, stand Marisa keinesfalls der Sinn. Und doch nährte er in ihr die Illusion einer großen Liebe, der sie sich bedingungslos ausgeliefert fühlte, und gegen die sie sich nur mühsam zu wehren vermochte. Sie begriff jedoch, dass ihre Empfindungen bei ihm – und seinem bewegten, temporeichen Leben – keine Chance haben konnten. Lange konnte sie sich selbst nicht erklären, warum sie sich so sehr mit ihm und seinen künstlerischen Idealen identifizierte. Immer mehr kam sie zu der Überzeugung, dass hier tiefere Schichten ihres seelischen Seins angesprochen wurden, die an der Oberfläche ihres Lebensweges auftauchen wollten?

Loszulassen von der Fixierung auf Maxim, das wäre hier der einzig gute Rat gewesen – warum nur fiel ihr das so schwer? Wo mochten die Wurzeln liegen für die undurchdringliche Barriere, die sich trennend zwischen sie und Maxim stellte?

Einmal wollte es der Zufall, dass sie sich im Flur eines Hotels wieder begeneten. Marisa war verblüfft und überrumpelt, denn hier hatte sie Maxim ganz und gar nicht erwartet. Er sah sie eigenartig an, wieder sprühte das Leuchtfeuer in seinen Augen – und plötzlich stellte er ihr geradeheraus die Fragen, die sie selbst schon so oft in sich bewegt hatte: „Wer bist Du wirklich? Woher kommt diese unerklärliche Faszination? Wo ist der Schlüssel? Ich spüre etwas, was ich nicht erklären kann – einen Nebel, durch den ich nicht hindurchzuschauen vermag ..." Dann sah er sie lange an und kaum hörbar verriet er ihr, dass ihn dieses unsichtbare Etwas ängstige.

Marisa schwieg. In ihrem Kopf drehte sich alles, ihre Beine drohten einzubrechen. Es war stets die gleiche Empfindung. Von Mal zu Mal wiederholte und intensivierte sie sich, ebbte wieder ab, um in der Sequenz jeder neuen Begegnung wieder mächtig aufzuflammen. Maxims Gegenwart löste in Marisa das Gefühl einer perfekten Harmonie aus. Wenn er in der Nähe war, schien sich alles wie von selbst zu fügen. Gleichzeitig entbrannte in Marisa eine so starke und gleichzeitig tieftraurige Sehnsucht, dass sie glaubte, direkt in den Brennpunkt eines Spiegels zu schauen. Was sie in ihm sah, war sie selbst ...

War das die große Illusion? Bildete sie sich das alles nur ein? War Maxim eine verwandte Seele, auf die Marisa mit einer derartigen Heftigkeit reagierte, weil mit ihr Tausende Erinnerungen in ihr anklangen aus einer fernen Vergangenheit? Nur im Unterbewusstsein konnten alle diese Töne gespeichert gewesen sein, wenn sie mit einer solchen Wucht in ihr aufstiegen.
Sie wusste, dass ihr konfuses Erleben als eine subjektive Erfahrung und lediglich als persönlicher Standpunkt einzuordnen war, dessen Plausibilität aus Gründen des gesunden Menschenverstandes angefochten werden mochte. Und doch war sie sich sicher, dass jeder Mensch in seinem Leben wiederholt auf viele Seelenverwandte traf – und zwar immer wieder neu. Zu jenen Menschen bestand eine große emotionale Affinität, mit ihnen wurden essenzielle Momente geteilt, tiefe Konflikte gelöst oder entscheidende Fragen ausgehandelt. Man stieß in Verbindung mit ihnen bewusst oder unbewusst an den Begriff „Karma". Darüber wurde sich Marisa immer bewusster. Die emotionalen Berg-und Talfahrten, das immer neue Aufflackern sehnsüchtiger Empfindungen, die idealistische Vorstellung einer Seelenverbindung konnte sie letztlich als ihre karmische

Aufgabe erkennen, die es durch solche illusionären Hoffnungen auszuarbeiten galt. Mitgebrachte Disharmonien würden sich dadurch balancieren lassen.

Wenn sich Begegnungen dieser Art ereignen, wohnt darin meist eine Chance, entweder aus früheren Beziehungen offen gebliebene Schritte gemeinsam zu Ende zu gehen, einen errungenen Ausgleich harmonisch miteinander zu genießen, oder aber das Karmapaket in Form von Trennung und Abschied endgültig aufzulösen. Manchmal verstärken sich alte dynamische Kräfte und Bewegungen, unerlöste und angestaute Energieflüsse bahnen sich einen Weg an die Oberfläche. Dann kann es nicht selten passieren, dass Beziehungen von sich wiederholenden Tragödien verschlungen werden. Dann kann die Erkenntnis des neu Entstehenden und die tiefere Anlage einer möglichen Veränderung nicht wahrgenommen werden. Einzig eine Bewusstwerdung liegt in solchen Fällen als das Geschenk einer Beziehungsschleife auf der Hand, die man nur ergreifen muss, um die Augen zu öffnen und zu sehen, wo die gemeinsame Reise hinführt am Ende eines langen Entwicklungsweges.

Für Marisa jedenfalls war eine solche Empfindung von elementarer Größe, und die Suche nach verwandter Seele war ein wichtiger Schritt zur Erkenntnis der Ebenbürtigkeit und Bedeutung von Mann und Frau. Sie sah darin keineswegs die Notwenigkeit für eine symbiotische Verzahnung. Vielmehr hatte für sie oberste Priorität, unabhängig voneinander die individuelle Persönlichkeit zu entwickeln und zu jedweder spezifischen Eigenart zu stehen. Denn gerade dadurch konnten aus ihrer Sicht zwei gleichwertige Partner zusammen eine Einheit bilden – als zwei Gegenpole, die sich zu einem größeren Ganzen ergänzen. Aber wie so oft im

Leben kann erfüllende Gemeinsamkeit erst nach Aufarbeitung karmischer Barrieren entstehen.

Die Trennwand zwischen Marisa und Maxim blieb bestehen und es wurde ihr immer klarer, dass ihr diese karmische Last noch eine Weile aufgebürdet war.

Ganz allmählich nur begann sich für sie das Rätsel zu lösen, das wie ein Puzzle Stück für Stück Gestalt annahm. Die Mauer des Nichtverstehens, die die ganze Zeit vor ihr aufgerichtet war, verwandelte sich letztlich in eine Wand aus Glas, durch die sie die Zusammenhänge immer klarer erkennen konnte. Dahinter bewegten sich sichtbar die gespeicherten emotionalen Zustände, denen sie wohl in früheren Zeiten ausgesetzt gewesen sein musste. Als der Schleier fiel und der Blick in die Vergangenheit klare Formen annahm, weitete sich der persönliche Horizont und Verstehen gab der Einstellung zum Leben, dem persönlichen Verhalten eine andere Dimension und Akzeptanz der Ereignisse. Alles in ihr wollte sich lösen, erlösen, auflösen ...

Was gab der Schleier aus der Vergangenheit schließlich frei, wenn sie scheinbar zufällig auf Menschen traf, die sie als „alte" Weggefährten erkannte? Wie hatten sich ihr solche unerwarteten Einblicke und Erkenntnisse geöffnet, die sich zu kraftvoller Überzeugung entwickelten?

Vielerlei Eindrücke, Erfahrungen und Emotionen in ganz unterschiedlicher Qualität, Häufigkeit und Dauer brachten all jene Begegnungen mit sich, die sich früher oder später als Verknüpfungen mit früheren Ereignissen entpuppten und sich teilweise erstaunlich detailliert zuordnen ließen. Zu Beginn war ein solches Zusammentreffen meist von intensivsten Emotionen – zuweilen sogar von großer Faszination – begleitet. Marisa sah solch „altvertraute" Bekanntschaften aus vergangener Zeit am Anfang oft in einem blendenden Licht, welches das Schicksalhafte der Beziehung idealisierte oder hoch emotional auflud.

Mit wachsender Erfahrung machte Marisa es sich zum gewohnheitsmäßigen Prinzip, darauf zu achten, nicht blind idealistischen Bildern Nahrung zu geben, die sich früher oder später als realitätsferne Illusionen zu entpuppen pflegten, weil die frühere Realität mit der heutigen nicht konform gehen konnte. So würde ein Sinn für das Praktische und gesunder Menschenverstand so manche Enttäuschung ersparen. Und wenn - in gegenteiligen Fällen – ein unbegründetes Misstrauen eventuell den Weg zur verbindenden oder heilsamen Kommunikation und Bearbeitung von Altlasten zu verbauen drohte, würden genaue Abwägung der Fakten und Verständnisbereitschaft den Weg ebnen.

Die persönliche Landkarte

Bevor sich der Blick auf so manche Einnerungsstation richtet, soll hier kurz Marisas gegenwärtiges Umfeld gestreift werden. Marisa wuchs in einem musischen Elternhaus auf – mit reichlich Vermögen, Grundbesitz und einem gepflegten Heim. Trotzdem wunderte sie sich als Kind immer wieder über die „beengten" Verhältnisse, in denen nach ihrem Dafürhalten die Familie lebte. Wieso wohnten sie in einem Einfamilienhaus? Warum nicht auf einem Gutshof oder einem anderen weitläufigeren Anwesen? Warum gab es keine Bediensteten für die alltäglich zu verrichtenden Arbeiten? Warum gab es keine Pferde oder andere Tierhaltung im Besitz der Familie? Solche und ähnliche Gedanken gingen Marisa als Kind immer wieder durch den Kopf, und sie verstand diese von ihr dergestalt empfundenen „Einschränkungen" nicht. Erst etwas später wurde ihr klar, dass ihr hier alte Speicherenergien solche Fragen diktiert hatten. Sie sehnte sich nach großen Räumen, hatte ein Faible für Schlösser und ein luxuriöses soziales Umfeld. Diese Neigung wurde von ihrer Mutter Gina ebenfalls geteilt und oft aufs Neue genährt. Beide hatten jedoch ihre diesbezüglichen Vorstellungen nicht wirklich zufriedenstellend umsetzen können. Wenn Wohlmeinende versuchten, ihnen das zum Vorwurf zu machen, stießen diese zunächst auf totales Unverständnis, denn es schien für Gina wie Marisa ein natürlicher Teil ihrer persönlichen Individualität, der wie eine Automation ihr Verhalten prägte. Aber bereits in noch frühen Jahren begannen sich für Marisa nach und nach Fenster in vergangene Zeiten zu öffnen und sie fing an zu begreifen, dass es sich hierbei um unterbewusste Erinnerungen an frühere Residenzen und einen vom Luxus geprägten Lebensstil handeln musste. Solche Muster zeigten sich, oft durch äußere Anlässe hervorgerufen, in einer automatischen Verhaltensform. Kamen solche Erinnerungsfragmente an die Oberfläche empfand sie sich kurzzeitig wie in einer Art Trance zwischen Tag und Traum.

Da hielt sie es manchmal für selbstverständlich, dass das Leben sein Füllhorn ausgoss und erwartete, dass die glücklichen Momente von selbst ins Haus geflattert kämen. Den tieferen Sinn, dass wohl jeder dafür einen kreativen Einsatz zu leisten habe, zeigten ihr mit den Jahren viele verschiedene Erfahrungen und Begegnungen. Mit wachsender Einsicht und komplexerem Verständnis lernte sie, immer besser mit unerwarteten Schwierigkeiten umzugehen und manch eine Identifikation mit dem jeweiligen Problem zu lockern und loszulassen.

Neue Begegnungen

Intermezzo mit Kevin

Viele Mitglieder aus ehemaligen familiären und nahestehenden Verbindungen hat Marisa im Heute wieder getroffen – in völlig anderer Beziehungs-Konstellation. Es existierte ein unsichtbares Band, welches ihre Emotionen auf die unterschiedlichste Art aufkochen ließ, um schließlich Unebenheiten zu glätten und unterschwellig vorhandene Disharmonien auszubalancieren oder aber sich verdienter Hilfestellungen erfreuen zu können.

Von Hetty, die sich bei Marisas Wiener Aufenthalt als die geeignete Förderin erwies, war bereits die Rede. Als ehemalige Sängerin hatte sie sich später als erfolgreiche und renommierte Künstleragentin etabliert und pflegte Kontakte zu den wichtigen Persönlichkeiten der Stadt.

Sie fand für Marisa die passende Gesangs-Pädagogin, bei der sie nicht nur die Technik für stimmliche Kunstfertigkeit lernte, sondern auch viel über das Wesen des künstlerischen Ausdrucks sowie den Umgang mit Künstlern und deren beruflichen Problemen erfuhr. Mit Hettys Hilfe hatte das unbeschreibliche Glücksempfinden, wenn sich ihre Gefühle in Tönen ausdrücken und ausströmen ließen, von Marisa Besitz ergriffen.

Hetty war es auch, die sie nach der Opernvorstellung auf die private Feier mitnahm, auf der sie Maxim kennenlernte. Die beiden Frauen, die erfahrene Mentorin und ihre gelehrige Schülerin, verband bald eine herzliche Freundschaft. Marisa bewunderte Hetty, deren Lebensgeschichte sie immer wieder neu erstaunte. Diese hatte Glück gehabt im Leben – beruflich wie privat – hatte die Liebe ihres Lebens gefunden, war erfolgreich und anerkannt im Beruf und in der gesellschaftlichen Stellung und lebte das, was man ein „schönes Leben" nannte.

Marisa schätzte Hettys Offenheit ebenso wie ihre Lebenslust und ihre Frohnatur, die sie sich bis ins hohe Alter bewahrte. Nach ihrer Definition konnte Glück ungehindert wachsen, wenn man auf der Basis stand, im richtigen Moment die richtige Entscheidung zu treffen. Das hatte sie stets beherzigt und mit großem Intuitionsvermögen praktiziert – es blieb stets ihr persönliches Erfolgsrezept.

So konnte sie in diesem Dasein in vielfachem Maße kompensieren, was ihr vergangenes Leben so sehr mit Kummer und Verzicht belastet hatte – ihrer Persönlichkeitsentfaltung waren nun viel weniger Schranken gesetzt. Ihre optimistische, kreative Natur lebte sie voll aus und ließ die Schatten der Vergangenheit nicht übergriffig werden.

Hetty war einst Teil von Marisas ehemaliger Großfamilie, von der noch eingehender die Rede sein wird. Hetty war auch damals bereits künstlerisch vielseitig begabt, hatte aber keine Möglichkeit, diese Fähigkeit in irgendeiner Weise zu nützen. Da sie einem adeligen Familienclan angehörte, hatte man sie kurzerhand mit einem ausländischen Herrscher verheiratet. Arrangierte Ehen waren in Adelskreisen die Normalität. Sie wurden einzig nach machtpolitischen und familiär passenden Kriterien gehandhabt. Nach eigenem Willen, Liebe und Neigung wurde in den meisten Fällen nicht gefragt. Ein paar wenige Ausnahmen bestätigten diese Jahrhunderte alte Regelung.

Durch diese unfreiwillige Heirat nahm Hetty in ihrer damaligen Verkörperung zwar einen repräsentativen Platz in dem ausländischen Herrscherhaus ein, aber mit ihrem damaligen Gatten verband sie nichts, weshalb sie lange verzweifelt versucht hatte, der Heirat zu entkommen- vergeblich. In Folge wurde sie sehr unglücklich und frustriert in einer lieblosen Ehe, in der sie die Dauerbetrogene war, während es kaum Raum gab, ihre Neigungen leben zu können. Ihr Gemahl galt als kalt, ehrgeizig und herrschsüchtig. Als sich anstelle eines erhofften Sohnes nur weibliche Nachkommenschaft einstellte, verlor der Vater das Interesse an den Töchtern und deren Mutter gelang es nicht, die Kinder das nicht spüren zu lassen. So erfüllte sie ihre Pflichten so gut sie es eben vermochte und fügte sich dem lieblosen Leben.

Zurück zur Gegenwart: Eines Tages hatte Hetty – mit der Marisa zeitlebens in Kontakt blieb – sie zu einem der großen Wiener Bälle eingeladen. Hetty war eine echte Gesellschaftslöwin, kannte alle wichtigen Leute sowie die lokale und überregionale Prominenz. Dieses Mal hatte sie einen illustren Bekanntenkreis um sich geschart und arrangierte für alle ein festliches Tanzvergnügen.
Bei dieser Gelegenheit lernte Marisa Kevin kennen. Er war ein eleganter Brite mit geschliffenen Umgangsformen, hoch gewachsen und von schlanker Figur. Die feinsten Maßanzüge – die er zu tragen pflegte – waren beinahe so etwas wie sein Markenzeichen. Er wirkte sehr distinguiert und voller Noblesse. Zudem war er charmant, verführerisch und ein vollendeter Kavalier. Er war im diplomatischen Dienst tätig und in der englischen Botschaft stationiert. Kevin war eigentlich ein Mann nach Marisas Geschmack und nach einiger Zeit bahnte sich eine Romanze zwischen den beiden an. Marisa war anfangs allerdings mehr als zögerlich gewesen, denn immer noch und immer wieder stand Maxim vor ihrem inneren Auge. Konnte sie denn überhaupt einen anderen Mann lieben? Hatte sie nicht Maxim als den einzig Richtigen empfunden? Selbst dann noch, als es klar war, dass

ihre Zuneigung von seiner Seite keine Erwiderung finden konnte?

Immer wieder bewegten sie solche Überlegungen, obwohl sie längst erkannt hatte, dass die unüberbrückbare Distanz zwischen ihr und Maxim es notwendig machte, sich endlich von ihrem alten Muster zu verabschieden. Aber sie hatte ihre Prinzipien, und sie glaubte immer noch – gegen alle Vernunft – an die große ideale Liebe, die Maxim für sie verkörperte.

Kevin sah sich vor keine leichte Aufgabe gestellt, aber er umgab Marisa mit so viel Güte, Verständnis und einer riesigen Portion unwiderstehlichem Charme, dass sie schließlich eine glückliche Zeit zusammen verbrachten, auch wenn sich immer wieder beruflich bedingte Trennungsphasen ergaben. Kevin war äußerst gesellig, hatte viele Freunde und gute Beziehungen. Wenn es seine beruflichen Verpflichtungen zuließen, begleitete er Marisa gerne auf ihren Konzertreisen nach Italien. Dann besuchten sie häufig den gemeinsamen Freund Antonio, der ein großes Weingut in der Nähe von Orvieto besaß. Wenn dieser seine Winzerfeste feierte, ging es immer hoch her – der gute Wein brachte alle in Stimmung. Die Italiener wussten mit dem Wein umzugehen, sie genossen ihn in Maßen. Niemals erlebte Marisa, dass auch nur einer der Gäste zu tief ins Glas geschaut hätte. Marisa erinnerte sich stets voll Freude an diese geselligen Abende, die mediterrane Lebensart und die herzliche Gastfreundschaft. Man genoss die köstlichen Speisen: die frischen Früchte, das naturbelassene Gemüse, die raffinierten Antipasti, fangfrischen Fisch sowie Lammkoteletts vom Grill, die nirgend anderswo so gut zu schmecken schienen.

Marisa und Kevin lernten auf dem Weingut viele neue Gesichter kennen und fanden schnell freundschaftliche Kontakte. Ihr Winzerfreund hatte eine kleine Yacht im Hafen von Porto Santo Stefano liegen und nahm sie manchmal mit hinaus aufs Meer. Dort verbrachten sie unvergessliche Stunden – für Marisa eine fröhliche und unbeschwerte Zeit.

Eines Tages entschied Kevin, nach England zurückzukehren, wo ihm berufliche Aufstiegschancen winkten. Er hielt es für selbstverständlich, dass Marisa mitkäme. Aber ihr Freiheitsdrang begann hohe Wellen zu schlagen. Zudem war Marisa fast zeitgleich mit dieser unerwarteten Nachricht erneut Maxim bei einem seiner Gastspiele begegnet. Auch wenn sie es zu verdrängen versuchte, geriet sie zum wiederholten Mal in die Strudel inneren Aufruhrs. Ihr altes Wunschdenken loderte in hellen Flammen auf und erzeugte eine innere Zerissenheit. Einerseits wollte sie Kevin nicht verletzen – zweifellos hatte sie ja auch Gefühle für ihn. Andererseits waren ihre musikalischen Aktivitäten so sehr ein wesentlicher Bestandteil ihres Lebens, dass sie darauf um seinetwillen nicht verzichten mochte. Dass er das gar nicht verlangt hätte und sie ihre künstlerischen Ambitionen durchaus mit einem Leben an seiner Seite hätte kombinieren können, kam ihr nicht in den Sinn. Wieder einmal- wie schon in verflossener Zeit- gelang es ihr nicht, ihre persönlichen Belange mit den Ansprüchen eines Partners in Einklang zu bringen. Ihr diesbezügliches Schwarz-Weiß-Denken schloss die Komponente, dass beides durchaus zu vereinen gewesen wäre, kategorisch aus. Dass sich Marisa ihm nicht anschließen würde, damit hatte Kevin nicht gerechnet, er fühlte sich vor den Kopf gestoßen und musste zunächst um sein inneres Gleichgewicht kämpfen. Aber schnell fing er sich wieder. Auch ihr fiel die Trennung keinesfalls leicht, aber zu jenem Zeitpunkt schien es ihr die richtige Lösung zu sein. Später bereute sie ihre Entscheidung. Den Verlust der Freundschaft mit Kevin empfand sie als sehr schmerzlich und stellte eine weitere ungelöste Beziehungssituation in ihrem Leben dar.

Im Nachhinein wurde Marisa klar, dass sich dadurch ein ehemaliger Trennungsschmerz wiederholte – sie hatte inzwischen in Kevin einen ihrer früheren Reitlehrer und ihren langjährigen Mentor erkannt, mit dem in vergangener Zeit von seiner Seite schon einmal ein plötzlicher Abbruch ihrer einstigen schwärmerischen Beziehung und Zusammenarbeit erfolgt war. Damals hatte das zu einem schmerzlichen Verlust geführt, den sie emotional nur langsam verarbeitet hatte. Konnte das wiederholte Muster jetzt durch die von ihr ausgelöste Trennung, bei der emotionaler Schmerz zurückblieb, auch in diesem Leben nicht vollständig zur Auflösung gelangen? Oder hatte sich das Spannungsfeld letztlich genau dadurch verabschiedet und aufgelöst?

Das Familientreffen

Bei ganz unterschiedlichen Gelegenheiten und Zeiten begegnete Marisa Personen, mit denen sich anfangs diese magische und gleihzeitig altvertraute Anziehungskraft einstellte und es ihr dann früher oder später gelang, den Vorhang zur jeweiligen früheren Existenz zu lüften. Das es sich dabei vorwiegend um einen früheren Familienclan handelte, wurde ihr verstärkt bewusst bei einem Zusammentreffen auf einer Festivität, als Freunde und Bekannte der Einladung eines gemeinsamen Freundes auf sein Landgut im Süden Englands gefolgt waren. Einige ragten für Marisa aus der übrigen Gesellschaft mit persönlicher Affinität und einem Gefühl von Vertrautheit heraus, was sie außerordentlich beindruckte und ihr lebhaft in Erinnerung blieb.

Der Gutsherr machte die private Festivität zu einem besonderen gesellschaftlichen Highlight internationalen Zuschnitts und hatte dazu alle seine Freunde aus der nahen und fernen Umgebung eingeladen. Er veranstaltete in regelmäßigen Abständen solche Treffen mit Gleichgesinnten, die gerne ein Wochenende auf dem Land verbrachten und in anregenden Gesprächen ihre Interessen und Erlebnisse austauschten. Manche brachten spontan ihre Freunde mit, und so wurde der Kreis nach und nach immer größer. Der Hausherr bewirtete sie großzügig, verwöhnte sie mit einem reichhaltigen Buffet voller Köstlichkeiten, manchmal sogar aus der eigenen landwirtschaftlichen Produktion. In einem großen, eigens dafür aufgestellten Zelt labte sich an den reichlich dargebotenen Speisen und Getränken eine Vielzahl von Gästen unterschiedlichster Provenienz.

Es ging lustig zu beim Essen, auch gab es Darbietungen mit Gesang und Tanz, Literaten lasen oder rezitierten,

Professoren hielten Vorträge über wissenschaftliche, esoterische oder religiöse Themen – je nachdem, wer von den Gästen etwas beitragen wollte. Mit dem Reitstall und seiner Pferdezucht auf großem Areal hatte sich der Gutsherr in der ganzen Umgebung einen prominenten Namen gemacht. Rund um das geräumige Herrenhaus mit all den Stallungen war der große Park nach feinster englischer Landschaftsarchitektur gestaltet. Den Seerosenteich säumten seltene Blumen und Sträucher in bunt gewürfelter Zusammenstellung.

In den Wochen nach dem Fest wurden Marisa viele Zusammenhänge klar und deren Vielschichtigkeiten hatten Bild für Bild Gestalt angenommen. Das Fest war für sie eindeutig ein Familientreffen gewesen, eine Zusammenkunft des großen Familienclans aus einem früheren Jahrhundert. Nun kamen alle in anderer Gestalt und neu gemischten Konstellationen im jetzigen physischen Erleben in engen Kontakt. Leo und Charlie, Gianni, Giorgio und Phil, Larissa und Lukas. Ebenso waren Gina, Marisas Mutter und ihre Tante Luisa mit von der Partie – sie alle gehörten früher zum engstem Familienkreis und hatten sich jetzt als Freunde bei fröhlicher Geselligkeit getroffen. In der Folgezeit knüpften sie freundschaftliche Bande oder vertieften die bereits bestehenden Verbindungen.

Leo

Als wesentlicher Baustein zum Puzzle fügte sich Marisas Begegnung mit **Leo**, den sie hier erstmals traf und den sie als ihren einstigen Ehemann erkannte. Seine Anwesenheit öffnete ihr den Blick für die ehemaligen familiären Verbindlichkeiten.

Beim feierlichen Dinner im Zelt gab es gute Gelegenheiten, viele der anwesenden Gäste näher kennenzulernen. Plötzlich stand Leo neben Marisa und verwickelte sie in ein anregendes Gespräch. Er war ihr zuvor unter der Vielzahl der Gäste nicht aufgefallen, er war eher unscheinbar von Statur, wirkte zurückhaltend, fast scheu, und erst in der Unterhaltung gewann er Profil – er erwies sich als starker Gesprächspartner und interessanter Erzähler.

Leo war Leiter eines weltweiten Touristikunternehmens. Da er sich zufällig in der näheren Umgebung aufhielt, hatten ihn Freunde zum Fest mitgebracht – in seiner Begleitung befand sich auch Charlie. Beide kamen gerade von der Tagung einer esoterischen Glaubensvereinigung, deren Mitglieder sie waren. Marisa argwöhnte zunächst, dass es sich dabei womöglich um eine Gruppierung jener New Age Bewegungen handelte, die zu jener Zeit gerade wie Pilze aus dem Boden schossen, und die oft mit großsprecherischen Idealen punkteten.

Sie war also zunächst sehr skeptisch, denn sie wollte keinesfalls auf Kosten ihrer persönlichen Freiheit und Überzeugungen in irgendeiner Weise – auch nicht rhetorisch – eingefangen werden. Marisa hielt also die Ohren gespitzt, wovon jedoch im angeregten Gespräch mit Leo nichts Beunruhigendes zu spüren war. Leo war voller Begeisterung, er identifizierte sich mit den Glaubenssätzen und spirituellen Konzepten des zuvor besuchten Symposiums und wusste beeindruckende Argumente anzuführen. Er war voller schwärmerischer Ideale in Gefolgschaft seines Meisters. Trotzdem steckte hinter seiner Begeisterung auch ein unüberhörbarer Missionierungseifer.

Seltsamerweise bemerkte Marisa das erst in späteren Begegnungen mit Leo, zunächst war sie fasziniert von seiner Eloquenz und Offenheit, die sie ihm in der ersten oberflächlichen Betrachtung nicht zugetraut hatte. Innerhalb kürzester Zeit stellte sich eine verblüffende Vertrautheit zwischen den beiden ein – ein Selbstverständnis, welches sie auf das Äußerste verwunderte, aber auch beglückte. Sie hatte das Gefühl, als würde sie Leo seit Jahren schon kennen – nicht erst seit wenigen Minuten. Trotzdem wurde ihr rasch klar, dass hier keine Verliebtheit im Spiel war. Das stand ihrerseits nicht zur Debatte. Doch es ging etwas anderes von ihm aus, eine gewisse Stärke, die Marisa hinter seiner äußeren Erscheinung nicht vermutet hätte. Sie fühlte sich auf eine unerklärliche Weise von einer Energie getragen, als schwebte sie mehrere Meter über dem Boden. Sie fühlte eine Sicherheit, als könnte keine Erdenschwere sie jemals mehr belasten.

In der Folgezeit begegnete Marisa Leo bei verschiedenen Gelegenheiten immer wieder. Jedes Mal hatte sie eine ähnliche Empfindung, auch stellte sich zufällig heraus, dass Leo und Charlie auch Marisas Freunde Lukas und Larissa, Gianni, Phil und Giorgio kannten, da sie sich vor einiger Zeit auf einer Touristikmesse kennengelernt hatten. War das alles reiner Zufall? Wie kam es, dass so viele Bezugspersonen nun so dicht gebündelt zusammenkamen? Nach und nach filterte Marisa die Zusammenhänge heraus, die ihr offenbarten, dass sich hier ein Personenkreis aus verschiedenen früheren Lebensstationen zusammengefunden hatte.

Charlie erschien als ein Freund von Leo, der sich anfangs in einer freundlich verbindlichen Umgänglichkeit zeigte. Er betete Leo förmlich an und Leo erwiderte seine Zuneigung und förderte ihn, wo er nur konnte. Charlie hatte mit Leo jene bereits erwähnte Tagung besucht, entpuppte sich aber sehr bald als unangenehmer religiöser Fanatiker, der jeden missionieren wollte, der ihm in den Weg kam. Dabei trug er allzu dick auf und erging sich in maßlosen Übertreibungen.

Als die Freunde bei späteren Festveranstaltungen noch öfter mit ihm zusammentrafen, war leicht zu durchschauen, dass er von unbändigem Ehrgeiz und einer großen Sucht nach Anerkennung getrieben war. Leo jedoch verstand sich gut mit ihm, ging auf seine Eigenart ein und brachte ihm Vertrauen und Wohlwollen entgegen. Erst als Marisa erkannte, dass Charlie im einstigen Familienclan Leos Vater gewesen war, konnte sie die gegenseitige, so einverständlich wirkende Freundschaft der beiden besser verstehen.

Gina und Charlie dagegen waren von Anfang an spinnefeind, und das verstärkte sich in zunehmendem Maße, je öfter sie sich begegneten. Charlie begann immer mehr, hinterrücks gegen Gina zu intrigieren, bis er erreicht hatte, dass sie schließlich diesen gemeinsamen Treffen fernblieb und sich völlig zurückzog. Da schienen gewaltige alte Muster aufeinander zu prallen. Was war wohl hier der Hintergrund? Gina war früher Charlies dominante Gattin gewesen und dieser gespeicherten, aber im Äußeren unbewussten Erinnerung an ihre einstige Stärke war sie Charlie jetzt offensichtlich ein Dorn im Auge. Mit seinen Intrigen unterminierte er ihre Aktivitäten, womit es ihm in der Folge gelang, allmählich den ganzen Freundeskreis auszugrenzen. Eine Auflösung ihrer gespeicherten Disharmonien dürfte das schwierige Verhältnis zueinander dadurch wahrscheinlich nicht erfahren haben.

Schließlich brach die freundschaftliche Gruppe, die sich jahrelang in Abständen jeweils ein fröhliches und kommunikatives Stelldichein gegeben hatte, auseinander. Gina, Marisa, Phil, Gianni und Giorgio und noch viele andere blieben nach und nach fern und verloren die Freunde aus den Augen. Einzig Larissa - im früheren Familienclan Leos und Marisas Tochter - hielt lange Zeit den Kontakt mit Leo und seinem Freundeskreis um ihn herum aufrecht. Sie bewunderte Leo, teilte auch seine Ansichten hinsichtlich der esoterischen Gemeinschaft, der er angehörte, und der sie sich inzwischen ebenfalls angeschlossen hatte. Aber bedingt durch ihre beruflichen Aktivitäten, für die sie oft auf Reisen und an jedem Ort immer nur flüchtiger Gast war, blieb auch ihr

Kontakt später nur mehr sporadisch. Eine Botschafterin der Musik zu sein war ihr zum Lebensinhalt geworden und überrundete die meisten anderen Aktivitäten – ein normales bürgerliches Dasein hätte ihr vermutlich keine Erfüllung gebracht.

Gianni

Aus dem alten Beziehungsreigen war Marisa mit **Gianni** in langjähriger Freundschaft verbunden. Trotz des Gefühls von Vertrautheit, wie es sich oft bei alten Wiederbegegnungen einzustellen pflegt, blitzten in Marisas Wahrnehmung anfangs zwischendurch gewisse Belastungen auf, die Marisa einer alten Speicherung zugute rechnete. Als sie begriff, dass sie in Gianni ihren einstigen Sohn wiedergefunden hatte, mit dem sie zudem weiter zurückliegend in enger Beziehung gestanden hatte, half ihr dieses Wissen, gelegentlichen Belastungen zwischen ihnen keine neue Nahrung zu geben und stattdessen diese alte Dynamik in ein vertrauensbildendes Verständnis füreinander umzuwandeln. Marisa hatte Gianni bei einem literarischen Abend zufällig kennengelernt, bei dem Geschichten gelesen und Reiseberichte vorgetragen wurden. Gianni, ein anerkannter Fotograf und Touristikfachmann, hatte einen Vortrag über seine letzte Australienreise gehalten. Er galt auch als großer Literaturkenner. Mit seinem Referat und der Bilderschau präsentierte er sich einer interessierten Öffentlichkeit.
Zwischen Marisa und Gianni entwickelte sich ein anregendes Gespräch, das schnell von gegenseitiger Sympathie getragen war und bei verschiedenen Anlässen immer wieder neue Nahrung fand. Sie waren nie um Gesprächsstoff verlegen da

sie mehrere gemeinsame Interessen teilten, wie zum Beispiel ihre Liebe zur Musik.

Allerdings hatte Marisa nach den Zusammenkünften jedes Mal vorübergehend mit depressiven Phasen zu kämpfen – es geschah ganz unbewusst, fast automatisch und ohne äußeren Anlass. Sie konnte sich das nicht erklären, denn ihre reichen Gespräche, ihr tiefer Gedankenaustausch und auch gemeinsame Aktivitäten verliefen jedes Mal in gutem Einvernehmen, waren harmonischer und freundschaftlicher Natur. Diese Gefühlsschwankungen, die nach jedem Treffen in ihr auftauchten, standen ganz im Gegensatz zu äußerem Anlass und beider durchaus stimmigem Empfinden. Anfangs fand Marisa darauf keine Antwort, allmählich jedoch wurde ihr klar, dass innerlich aufgestaute, ungelöste Spannungen aus schwerwiegenden Problemsituationen und schmerzlichen Erlebnissen vergangener, gemeinsam durchlebter Erfahrungen bei ihr aus dem Unterbewusstsein an die Oberfläche drängten. Sie suchten auf diese Weise ein Ventil und erst nach und nach fanden diese übrig gebliebenen Energien Ausgleich und lösten sich schließlich ganz auf.

Giorgio und Phil

Einer der engsten Freunde Giannis war **Giorgio**. Die beiden verband eine langjährige tiefe Freundschaft. Marisa hatte mit Giorgio mehrfach unterschiedlich gelagerte Vergangenheitssituationen erlebt. Die lebendigste Erinnerung galt der Zeit ihrer geschwisterlichen Verbundenheit. Auch weiter zurückliegend war er schon einmal ihr Bruder gewesen, ein anderes Mal ihr Liebhaber in einer für sie sehr unglücklichen Episode. Bei ihrer ersten Begegnung mit

Giorgio in jungen Jahren war sie von seiner gewandten Rhetorik, seinem guten Aussehen und seiner ganzen Ausstrahlung beeindruckt. Sie fühlte sich wie magnetisch zu ihm hingezogen.

Viele Jahre war er mit Maja verheiratet gewesen, die Marisa für einen Glückspilz hielt. Die unbewusste Erinnerung an den früher geliebten Bruder malte Giorgio bei der ersten Begegnung in den idealistischsten Farben. In diese Blauäugigkeit mischten sich später auch Energien aus anderen vergangenen Begebenheiten ein, vor allem die Erfahrung einer Liebesbeziehung mit ihm war für Marisa fatal ausgegangen. Das wurde ihr aber erst später bewusst.

So sehr sie Giorgio schätzte und einerseits auch bewunderte, speisten sich aus dem alten Reservoir im Laufe der Jahre Verlustängste und Befürchtungen, zurückgestoßen zu werden, vor allem dann, wenn sich aus unbedachten Äußerungen gegenseitig Missverständnisse ergaben. Zwischendurch meinte sie, jedes Wort auf die Goldwaage legen zu müssen, um nur ja keine Kränkungen zu verursachen, die dann zum Bruch der Freundschaft führen könnten. Diesem Empfinden fühlte sie sich geraume Zeit auf unerklärliche Weise ausgeliefert, obwohl es kaum einen äußeren Anlass dazu gab. Dieses eigenartige Muster reproduzierte sich lange stets aufs Neue und erzeugte trotz des meist fruchtbaren Gedankenaustauschs eine bremsende Wirkung. Marisa kam zu dem Schluss, dass ganz allgemein für eine derartige Schaukel feinstofflicher Begleitumstände zwischen Wohlwollen und Distanz, zwischen Vertrautheit und Verlustangst nur eine neutrale Haltung ihrerseits der Schlüssel zum Auflösen und Aussteigen aus solch alten Mustern nötig sein würde.

Ein begleitender Umstand des Zusammentreffens mit Giorgio bestand darin, dass Giorgios Tochter **Laurie** auch ein Teil des alten Familienclans war. Gianni schloss mit Laurie Bekanntschaft, aber zwischen Marisa und Laurie war keinerlei Kontakt zustande gekommen. Das hatte sich einerseits nicht ergeben und andererseits war auch nie ein diesbezüglicher Wunsch vonseiten Marisas wach geworden. Laurie lebte im Ausland, sodass die geografische Distanz eine natürliche Grenze bedeutete. Es war gut so, befand Marisa, da sich dadurch kein Anlass ergab, den massiven alten Spannungen zu begegnen.

Dessen ungeachtet hatte Marisa die Gemeinsamkeit mit Giorgio und Gianni als etwas Besonderes und Sinnvolles empfunden. Von ihnen lernte sie den Wert freundschaftlicher Qualitäten kennen und schätzen. Auch wenn ihre gemeinsame Verbindung über die Jahre nicht frei war von gelegentlichen Schwankungen, Zweifeln und kleinen Vertrauenseinbrüchen, die sich aufgrund von Missverständnissen oder alten Konditionierungen ergaben, obsiegte immer wieder das Wissen und ein Gefühl um die Zusammengehörigkeit als Seelenfamilie.

Vor diesem Hintergrund der Seelenfamilie pflegte Marisa eine ihr wichtige Verbundenheit mit **Phil**, im früheren Leben der Großfamilie ihre ältere Schwester Tessa, ebenso wie sie in anderen Zeitläuften mehrfach mit Phil verwandtschaftlich oder freundschaftlich verknüpft gewesen war. Heute bedeutete diese Begegnung eine frühe, anhaltende und im Laufe des Lebens zunehmende Verständnisebene. Da war viel gemeinsames Verstehen zwischen beiden, das sich im Laufe der Jahre weiter und tiefer entwickelte. Marisa empfand große Wertschätzung und Bereicherung und mit den Jahren wurde ihr diese Verbindung zu ihrer nachhaltigsten und wertvollsten Freudschaft.

Wenn sich in Marisas Leben eine Freundschaft, eine persönliche Beziehung oder ein zwischenmenschlicher Kontakt auf natürliche Weise auflösten, war aller Wahrscheinlichkeit nach die gemeinsame karmische Lernaufgabe als erfüllt anzusehen. Jeder ging dann eigene Wege und wandte sich neuen, anderen Erfahrungen zu. Blieben jedoch Verletzungen, Schuldgefühle oder emotionale Verstrickungen zurück, dann knüpften sich daraus erneut karmische Muster, aus denen sich - irgendwann zu einem ferneren Zeitpunkt - eine neue Gelegenheit ergeben würde, unter Umständen in Form komplizierterer konfliktreicher Beziehungen. Darin lag jedoch die nächste Chance, den Konfliktstoff zu bewältigen.

Andererseits würden auch stark symbiotische Liebesbeziehungen – wie sie Marisa einstmals entweder in großer Abhängigkeit oder mit tiefer Trauer beim Verlust eines geliebten Menschen erlebte – ein übrig oder unerfüllt gebliebenes Potenzial bedeuten, das zu einem späteren Zeitpunkt eine gemeinsame Wachstumschance öffnete – und aus der Kraft gegenseitiger Toleranz und dem Respekt vor der individuellen Persönlichkeit des anderen schöpfte.

Das Geschenk einer harmonischen Verbundenheit würde stets den Weg zu einer gemeinsamen Weiterentwicklung aufzeigen, die wiederum neue Herausforderungen mit sich bringen mochte und nur im Zusammenwirken gleichgerichteter Kräfte gute Resultate zeitigen könnte.

Giulio

Giulio war Marisa in ihrem Leben relativ spät begegnet – und belebte nur kurzzeitig charmante Erinnerungen in ihr. Er war – wie Maxim – ein renommierter Musiker. Eines Tages fuhr Marisa zu einem Galakonzert, das Giulio dirigierte. Noch nie zuvor hatte sie ihn persönlich getroffen, kannte sein Gesicht nur von vielen Fotos, die in den Medien kursierten.

Zu dem außerordentlichen Konzertereignis war sie einige Tage früher angereist und hielt sich gerade in der Hotelhalle auf, als sich die Eingangstür öffnete und ein gut aussehender Mann von schlanker Statur die Lobby federnden Schrittes betrat – einen weißen Schal lässig über die Schultern gelegt. Marisa starrte ihn an, und er musterte sie umgekehrt genauso – als hätten beide ein Phantom gesehen.
Marisa wusste in diesem Augenblick nicht nur, dass er der Dirigent des Konzertes war, sondern sie erkannte spontan in ihm ihren ehemaligen Freund und Bewunderer. Jenen Giulio, mit dem sie so viele gemeinsame Ideen und Neigungen gehabt und für dessen Pläne sie sich einst so intensiv eingesetzt hatte. Blitzartig – wie unter einer hellen Lichtdusche – erfüllte sie diese Klarheit, und es gab nicht einen einzigen Zweifel in ihr.
In der ersten Aufregung stand sie aber völlig neben sich und versuchte mühsam, ihre Sinne und Gedanken zu ordnen – währenddessen gingen sie wie zwei Magnete aufeinander zu, obwohl sie sich in der realen Zeit fremd waren und sich zum ersten Mal rein „zufällig" in diesem Hotel begegneten. Giulio sprach Marisa an, küsste ihr formvollendet die Hand und verbrachte mit ihr eine ganze Weile in angeregter Konversation.

Der Konzertabend am Tag darauf wurde ein großes Ereignis, das in einer mondhellen Nacht eine bezaubernde Stimmung erzeugte. Es war eine Gala mit vielen prominenten Sängern, welche von dem zahlreich anwesenden Publikum frenetisch gefeiert wurden. Unvergesslich blieb der Eindruck, der sich in Marisas Erinnerung eingrub.

Sie besuchte in der Folge – so oft es ihr möglich war – viele Konzerte, die unter der Leitung Giulios aufgeführt wurden, darunter auch Opernvorstellungen auf den großen Bühnen Europas. Jedes Mal verweilte sie mit ihm vor oder nach der Aufführung in einem amüsanten Gespräch. Immer, wenn er sie sah, begrüßte er sie mit einem charmanten Lächeln und den Worten: „Jetzt geht die Sonne auf!"
Damit drückte er genau das aus, was Marisa bei seinem Anblick ebenfalls empfand – denn er strahlte stets eine riesige Portion Optimismus aus. Außerdem war er äußerst redegewandt, liebenswert und sein Charme war geradezu unnachahmlich. Alle, die ihn kannten, schätzten ihn als Musiker ebenso wie als Mensch.
Giulio war verheiratet mit einer bezaubernden jungen Frau, und so erschloss sich für Marisa keine Möglichkeit, ein altes Gefühl neu aufflammen zu lassen. Da genau solche Unmöglichkeit schon früher beider Zusammensein bestimmt hatte, blieb ihre jetzige Begegnung wieder nur eine reizvolle Episode – der sympathische, unproblematische Rest ihrer einstigen intensiven Freundschaft.
Somit wurden keine neuen emotionalen Verbindlichkeiten mehr aufgebaut. Aber Marisa war sehr froh, Giulio begegnet zu sein, und es schmerzte sie tief, als ihn auf dem Höhepunkt seines Lebens und Erfolges ein plötzlicher Tod ereilte, der ihn seiner Familie und seiner glanzvollen Karriere jäh entriss.

Gina

In der gegenwärtigen Existenz war Marisas Beziehung zu ihrer Mutter Gina eine der intensivsten und langwierigsten Konfrontationen mit Energien aus früherer Zeit. In verschiedenen Stationen hatten sie einstmals so einiges miteinander auszufechten gehabt. Marisa erinnerte sich an Gina mal als vertraute Freundin und in jüngerer Vergangenheit als Tante und Schwiegermutter zugleich. Marisas Tante Luisa war in früherer Epoche ihre Mutter gewesen und Gina – ihre gegenwärtige Mutter – war die ehemalige Tante. Diese Konstellation war ein ähnliches Beziehungsspiel mit vertauschten Vorzeichen.

Dabei ging es in erster Linie um die beiden einstigen Schwestern Luisa und Gina, die auf diese Weise ihre früheren Rivalitäten erneut miteinander ausfochten, wovon auch beider Kinder nicht unberührt blieben.Vor allem als Kind fühlte sich Marisa sehr zu Luisa hingezogen und das beruhte auf Gegenseitigkeit. Im Laufe der Jahre wurde dann Marisas Bindung an Gina stärker und beide rauften sich allmählich zusammen, um sich schließlich gegenseitig mit ihren Eigenheiten zu akzeptieren.

Dass letztendlich Gina immer stärker Besitz von Marisa ergriff und deren Leben weitgehend dominierte, beinhaltete jedoch ein großes Konfliktpotenzial und gereichte Marisa in späteren Jahren zum Schaden. Es war ihr nicht gelungen, sich aus Ginas dominanter Präsenz als übermächtige Mutter zu befreien und die Schwingen der eigenen Persönlichkeit freier zu entfalten, um die eigenen Ziele effektiv in die Tat umzusetzen – sie bereute das in späteren Jahren sehr.

Trotzdem hatten sie eine besondere Beziehung als Mutter und Tochter, die gegenseitig von großer Liebe, aber auch starker Bindung aneinander getragen war und trotzdem nicht frei von sporadisch auftauchenden Kämpfen blieb. In Marisas Kindheit war Gina häufig abwesend gewesen, hatte ihrem Freiheitsdrang keine engen Schranken auferlegt, was Marisas inniges Verhältnis zu ihrem Vater Leonhard noch vertiefte.

Nach dessen frühem Tod war Ginas ganze Aufmerksamkeit auf die Tochter konzentriert, die ihr dadurch zum Lebensinhalt wurde. Sie wollte fortan – fast zwanghaft – immer nur das Beste für die Tochter. Was aus ihrer Sicht Marisa guttun sollte, unterstützte jedoch in keiner Weise die Entfaltung der Persönlichkeit und Eigenständigkeit, die für Marisa möglich und notwendig gewesen wäre. Für Marisa entpuppte sich die einengende Zuwendung Ginas in manchen Belangen als höchst nachteilig. Die übergroße Mutterliebe beschnitt im Grunde die eigenen Erfahrungen der Tochter maßgeblich. Wie Gina einstmals ihren ältesten Sohn geformt hatte, so versuchte Gina Marisas Leben nach ihrem Gutdünken in großherziger Zuwendung auszurichten, die die Tochter vor jeder Schwierigkeit und Unbill zu bewahren suchte. Marisa hatte das von beiden Seiten kennengelernt – in früherer Zeit hatte sie als Mutter ihre damalige Tochter Larissa auf ähnliche Weise mit umklammernder Liebe umgeben.

Innerlich ging Marisas Entwicklung und Reifung zur Eigenständigkeit voran, aber es sollte eine Weile dauern, bis es auch im täglichen Leben zum Tragen kam. Sie fühlte sich in äußeren Belangen des Alltags oft unzulänglich neben der ihr so mächtig erscheinenden Mutter, die in den meisten Situationen bestimmte, wie die Dinge für Marisa zu geschehen hatten.

Marisa fügte sich darein, auch wenn sie oft anderer Meinung war. In alltäglichen Geschmacksfragen, in der Liebe zur Musik und weltanschaulichen Sinnfragen wie im gegenseitigen Vertrauen stimmten beide größtenteils überein. Darin bestand das eigentlich starke und verbindende Element zwischen ihnen – das alte Band, welches sie zusammenschweißte.

Doch es gab immer wieder Zeiten, in denen sich Marisa fragte, warum sie ihren eigenen Bedürfnissen nicht mehr Raum zugestand, warum sie sich Ginas Dominanz unterordnete? Es war ein Gefühl der Verpflichtung – ein gewisser Zwang, dem sie glaubte Folge leisten zu müssen. Sie konnte nicht anders, daher lebte sie zwei Versionen ihres Lebens in dem Versuch, beiden gegenteiligen Impulsen nachzukommen. Auf der einen Seite war sie die in vielen Dingen von der Mutter bestimmte Tochter, und parallel dazu wurde sie zu einer innerlich freigeistigen Frau mit klaren Zielen und Wünschen, deren wahrer Wesenskern jedoch nach außen größtenteils verborgen blieb. Das hatte zur Folge, dass sich ihr Verhältnis zur physischen Realität eher etwas distanziert – ja, fast sogar abgehoben oder unbeteiligt anfühlte. Zwischen diesen beiden grundverschiedenen Haltungen war sie hin- und hergerissen und fühlte sich in eine Art Käfig gesperrt, aus dem es kein Entrinnen gab.

Erst sehr viel später begriff Marisa, dass Gina eigentlich nicht immer die Stärke besessen hatte, die sie meinte, in ihr zu sehen, und dass sie unbewusst mit ihrer Dominanz so manches eigene Gefühl des Ausgeliefertseins an die Unabänderlichkeiten des Lebens kompensierte. Beide Frauen fühlten sich gewissermaßen gegenseitig gefangen in den Situationen, die ihnen das Leben aufbürdete.
Als Marisa das klar wurde, hörte sie auf, innerlich gegen die unsichtbar aufgetürmte Barriere anzukämpfen, die im realen Äußeren gar nicht existierte. Sie gewann in zunehmendem

Maße Verständnis für ihre Mutter wie auch für sich selbst. Das half ihr, sich freier zu entfalten und von der Abhängigkeit besser abzunabeln. Dennoch stand sie Gina bei, wenn diese Hilfe benötigte. Ihr gemeinsames Leben war eine herausfordernde Zeit der Prüfung für beide.

Sie waren in den früheren Episoden aufgrund unterschiedlicher Ansichten und Verhaltensweisen in häufige Konflikte und kämpferische Auseinandersetzungen miteinander geraten – meistens waren beide zu keiner Konzession bereit gewesen. Im gegenwärtigen Leben war nun die engere und intimere Bindung der ausgleichende Faktor für das einstige mangelnde Verständnis und die Unterkühlung im ehemaligen familiären Verhalten.

Aus der jetzigen Distanz heraus konnte Marisa nachfühlen, wie sich beide Frauen oft als Gefangene in einem schicksalhaften Verbundensein miteinander gefühlt hatten, aus dem es kein Fliehen gab. So waren sie heute überzeugt, rückhaltlos für einander da sein zu müssen. Letztlich brachten die erhellenden Einsichten Marisa innerlich ihrer Mutter näher als je zuvor. Die Erfahrung und Wahrnehmung der verpflichtenden Verbundenheit hatten zur Folge, dass Marisa Gina in anderem Lichte zu sehen und neue Qualitäten des Mitgefühls und der Duldsamkeit zu entwickeln begann – auch dann, wenn sie mit deren Entscheidungen nicht konform ging.

Von Neuem und völlig unerwartet hatte sich in dieser Eindringlichkeit gezeigt, dass aufgeschoben nicht aufgehoben bedeutet, dass eine verdrängte oder nicht gelebte Situation früher oder später eine notwendige Erfahrung herausfordert. Verbliebene alte Verkrustungen hatten sich aber damit aufgelöst und mitfühlender Liebe und Verständnis Platz gemacht. Eine innere Nähe in losgelöster Form war an die

Stelle von Schuldgefühlen, belastenden Reminiszenzen und Irritationen getreten.

Leonhard

Bevor nun frühere Existenzen, Episoden und Schauplätze in Augenschein genommen werden, findet noch eine kleine Geschichte Beachtung, die Marisa sehr beeindruckte. Sie erzählt von ihrem Vater Leonhard, der bereits früh verstarb als Marisa noch jung war.

Es waren kaum mehr als zehn Jahre seit ihres Vaters Tod vergangen, da kam eines Tages die Tochter eines alten Freundes Leonhards mit ihrem kleinem Jungen zu Besuch. Bei strahlendem Wetter saßen sie gemeinsam im Garten und ließen in vertraulichem Gespräch alte Zeiten Revue passieren. Plötzlich lief der Kleine ins Haus – nach einer Weile ging Marisa ihn besorgt suchen in der Annahme, er habe sich in den für ihn fremden Räumen verlaufen. Sie fand ihn im Obergeschoss ganz ruhig am Boden sitzen. Wie war er nur in dieses Zimmer geraten? Wie hatte der Kleine den Weg durch die Räumlichkeiten des Hauses ins obere Stockwerk gefunden? Als Marisa eintrat, stand er auf, lief überschwänglich auf sie zu, umarmte sie stürmisch und rief mehrmals ihren Namen. Zu ihrer großen Verblüffung fragte er sie: „Wo ist dein Vater? Ist er wieder gesund?" Wahrheitsgemäß antwortete sie, dass er gestorben sei.

Der kleine Junge schmiegte sich fest an die höchst erstaunte Marisa an und beteuerte: „Nein, er ist jetzt nicht mehr krank, er lebt wieder!" Bei diesen Worten konnte sie kaum sprechen vor innerer Erregung. Die zwei befanden sich zu diesem

Zeitpunkt genau an der Stelle, wo einst das Bett ihres Vaters stand, in dem er gestorben war – in diesem Moment wusste sie, dass ihr Vater sich in dem Jungen neu verkörpert hatte.

In dem Kind hatte sich für einen Moment der Vorhang geöffnet und die Erinnerung freigegeben, allerdings besaß es in späteren Begegnungen keinerlei Bewusstheit mehr darüber. Marisa hatte weder seiner Mutter noch ihm selbst je etwas von diesem gemeinsamen Erlebnis erzählt. Das Kind vergaß diesen Augenblick schnell, aber Marisa bewahrte dieses Erlebnis als kostbare Erkenntnis in ihrem Herzen.

Die ehemalige Großfamilie

Aus welchem familiären Background stammten die Energien, die Marisa beim Zusammentreffen mit den Freunden so intensiv empfand und die ihr den Blick in früher gelebte Verbindungen und Gemeinsamkeiten öffneten?

Unter all ihren Erlebnissen und Erinnerungsmustern war das Leben in Marisas einstiger Großfamilie ein sozialer Gipfel und zugleich ein Endpunkt eines langen Anstiegs, der in ihren gespeicherten Akten einen beträchtlichen Raum einnahm. Deshalb soll diese Geschichte an erster Stelle erzählt werden, auch weil die Ausläufer jener Emotionen und Verbindungen stark ins Heute hereinreichten. Auch weil viele ihrer heutigen Begegnungen einst Teil oder Umfeld dieser Großfamilie gewesen waren. Andere, weiter zurückliegende Episoden zeigten sich zum Teil weniger detailliert. Aber sie zogen die Spuren hin zum Kulminationspunkt eines weitläufigen Familienclans. Weiter zurückliegende Spuren werden im Anschluss Erwähnung finden.

Marisa erlebte in jener Epoche der Großfamilie sowohl eine Fülle äußeren Glanzes und eine Reihe berauschender Glücksmomente als auch große Schicksalsschläge und Stunden tiefer Depression. Äußerer Reichtum stand ihr zur Verfügung, aber auch eine große Palette innerer Wahrnehmungsfähigkeit, die sie ihrer dogmatischen Umwelt schnell suspekt machte, vor allem auch aufgrund außergewöhnlich grenzüberschreitender Erfahrungen, die psychischer wie physischer Natur waren. Man begegnete ihr mit Unverständnis und feindseligen Reaktionen, was vielfach dazu führte, dass sie selbst ihre inneren Bilder und Wahrnehmungen nicht einordnen konnte, weil sie der limitierten Auffassung und Einstellung im Zeitgeist der damals sie umgebenden Menschen ausgeliefert war. Das führte nicht selten in ihrem Innern zu Selbstzweifeln und menschenfeindlichen Empfindungen. Schwierigkeiten stürzten sie in Resignation und depressive Stimmungen oder Rückzugstendenzen fanden oft neue Nahrung. Dabei hatte ihr das Schicksal ein ganzes Füllhorn irdischer Güter zu Füßen gelegt.

Wenn Marisa an jenes Leben zurückdachte, fühlten sich die gespeicherten Energien groß, lebendig und manchmal übermächtig an, weil deren Ursächlichkeiten beziehungsweise viele daran knüpfende Verhaltens- und Reaktionsmuster unmittelbarer in die Gegenwart hineinreichten als andere, weiter zurückliegende Stationen. Es scheint als hätte sie damals durch ihre bloße Anwesenheit der ihr zugedachten Aufgabe in geradezu optimaler Form gerecht werden können. Sie war ausgestattet mit Schönheit, Autorität und charismatischer Ausstrahlung. Gewiss hatte sie diese Fähigkeiten immer wieder eingesetzt, wenn sich die Notwendigkeit dafür ergab oder die Verpflichtung unumgänglich war. Manchmal auch, wenn sie ihr als Mittel zum persönlichen Zweck dienlich waren. Dennoch hatte sie diese Werte und auch die Vorzüge ihrer gesellschaftlichen Position nicht wirklich geschätzt, war sich vielleicht in der Zwanghaftigkeit ihres Umfelds und der Erwartungen, die man an sie stellte, nicht einmal im vollen Ausmaß ihrer Möglichkeiten bewusst gewesen.

In der Erzählung der früheren familiären Zusammenhänge werden die Namen der Personen zum besseren Verständnis generell beibehalten, aber in Verdoppelung genannt, um die Unterscheidung vom Jetzt zur gespeicherten Erinnerung besser klar zu machen. Aber natürlich hatten die früheren physischen Verkörperungen zu jenen Zeiten andere Namen, andere Identitäten und andere Personalitäten.

Das einstige junge Mädchen, in dem sich Marisa-Marisa damals verkörperte, wuchs in einer vielköpfigen Familie unter zahlreichen Geschwistern auf. Als eher unbedeutender, aber nicht unbegüterter Landadel führte die Familie ein Leben ohne allzu strenge gesellschaftliche Zwänge, auch wenn vonseiten von Mutter Luisa-Luisa (heute Marisas Tante Luisa) auf angemessene Erziehung Wert gelegt wurde. Aber ein glückliches Familienleben war es nicht wirklich zu nennen, da der Vater oft durch Abwesenheit glänzte und Frau und Kindern gegenüber nicht viel mehr als seine familiären Pflichten erfüllte. Einzig Marisa-Marisa hatte ein ausnehmend gutes Verhältnis zum Vater, auch er bevorzugte sie vor den übrigen Töchtern, was auch gelegentlich Eifersüchteleien nach sich zog. Aber Marisa-Marisa hatte viel von des Vaters Eigenart geerbt und stand ihm an Interessen und Begabung nahe. Er war ein Freigeist mit vielen Ambitionen, ein waghalsiger Reiter voller Abenteuer- und Reiselust, der es sich leisten konnte, seinen Neigungen zu leben. Die Tochter bewunderte ihn geradezu, er war ihr Held gewesen. Die Eltern waren veheiratet worden ohne Zuneigung oder gar Liebe zueinander zu empfinden, eben eine arrangierte Heirat, wie das früher in zahlreichen Fällen üblich war. Dem Vater wurden viele außereheliche Liaisons und daraus entstandene Kinder nachgesagt, für die er sich sorgend einsetzte, oft mehr als für die meisten der ehelich Geborenen. Diese Zwiespältigkeiten der familiären Situation wirkten auch in Marisa-Marisas späterem Beziehungsverhalten nach. Dessen ungeachtet standen die Geschwister untereinander meistens in gutem Einvernehmen, was jedoch in späteren Jahren zunehmend durch Reibereien und Rivalitäten belastet wurde. Besonders eng war die Bindung an die ältere Schwester Tessa-Tessa und den jüngeren Bruder Giorgio-Giorgio. Auch ihre Tante und spätere Schwiegermutter Gina-Gina (heute Marisas Mutter Gina) spielte in der Großfamilie eine wichtige Rolle. Diese entstammte in der hier betrachteten Zeitspanne einem Jahrhunderte alten Adelsgeschlecht, wuchs ebenso in einer Reihe von Geschwistern auf, darunter die Schwester Luisa-Luisa, die Mutter unserer jungen Heldin.

Beide Schwestern waren grundverschieden. Trotzdem bestand eine starke Verbindung zwischen ihnen, die gelegentliche Rivalitäten aber nicht ausschloss. Luisa-Luisa war durch ihre Ehe, nach der Beurteilung der älteren Gina-Gina, im sozialen Status abgestiegen – gemäß der damals geltenden hierarchischen Einschätzung. Es war, wie bereits erwähnt, keine Liebesheirat gewesen - beide Partner hatten anderweitige Neigungen, aber danach hatte die Familie nicht gefragt.

Die ältere Schwester hingegen konnte mit ihrer Heirat einen sozialen Aufstieg verbuchen. Sie hatte einem ebenfalls ungeliebten Mann, Charlie-Charlie, das Jawort gegeben und sich damit einen fürstlichen Rang gesichert. Solche hierarchischen Einschätzungen waren in jenen Kreisen von großer Bedeutung. Gina-Gina hatte der politisch arrangierten Heirat zugestimmt und sich mit der fürstlichen Stellung über die mangelnde Neigung zu ihrem Angetrauten hinweggetröstet. Dieser war der Spross eines großen Erbhauses, aber ein uninteressanter, nur mäßig begabter Mann ohne jegliches Feuer und von wenig anziehendem Äußeren. Kein Wunder also, dass Gina-Gina ihren Ehegatten zum gefügigen Werkzeug für ihre ehrgeizigen Pläne machte.

Sinn und Zweck dieser Verbindung waren es vor allem, für den Nachwuchs zu sorgen. Auf ihr ruhte alle Hoffnung, der Familie den ersehnten Erben zu sichern. Dieser Druck lastete schwer auf ihr und förderte keineswegs die Qualität der Beziehung zwischen den Eheleuten. Als schließlich der erste Sohn Leo-Leo geboren wurde, war dieser das große Glück seiner Mutter und sollte zeitlebens ihre wichtigste Bezugsperson bleiben. Mit ihm konnte sie alle ihre hochfliegenden Pläne verwirklichen. Sie erzog ihn nach ihren Maximen, nach strenger höfischer Etikette und dogmatischem Kirchenglauben. Sie lenkte und leitete ihn so, wie sie es für richtig und ihre Pflicht hielt – und er blieb ihr bis zu ihrem Tode verbunden, auch wenn er später seine eigenen Entcheidungen traf, die sich öfter der weisen Voraussicht der Mutter entgegenstellten und sich dann in Folge als Fehler erweisen sollten.

Auf seine Geburt folgten in kurzen Abständen noch zwei weitere Söhne. Die drei Brüder, wie sie unterschiedlicher nicht hätten sein können, waren als junge Männer von blendendem Aussehen in ihren schmucken Uniformen. Ihre Wesensart und Interessensphären hingegen waren grundverschieden. Der Erstgeborene war das Produkt strenger Erziehungsmethoden, von Sendungsbewusstsein erfüllt und in nüchternem Eifer bemüht, seinen Aufgaben und den in ihn gesetzten Erwartungen gerecht zu werden. Davon waren sein Leben und seine gesamte Aufmerksamkeit ausgefüllt, seine Pflichten erledigte er mit der Haltung eines Perfektionisten. Seine Mutter hatte alles daran gesetzt, ihn für die Führungsposition zu erziehen, und erwirkte schließlich sogar, dass ihr wenig fähiger Ehemann zugunsten des Sohnes auf das Regierungsamt verzichtete. Ungeachtet der hohen sozialen Stellung wurde Leo-Leo oftmals sein bürokratisches Verhalten angekreidet. In seiner langen Amtszeit konnte er sich aber im Alter einer gewissen Popularität erfreuen, was eigentlich davon zeugte, dass er die vom Leben gestellte Aufgabe seinen Möglichkeiten entsprechend ausgeschöpft hatte.

Der zweite Sohn Maxim-Maxim war der Liebling vieler – auch der Mutter, trotz ihrer Liebe zum Erstgeborenen. Maxim-Maxim war der Sohn, den sie verwöhnte und dem sie mehr Freiheit und Eigenständigkeit gewährte. Sie liebte ihn auf zärtlichere Weise, ohne Ehrgeiz und bestimmende Einflussnahme auf seinen Lebensplan. Er war vielseitig begabt, literarisch interessiert und zeigte sich allem Neuen gegenüber aufgeschlossen. Er liebte das Reisen, war sensibel, gefühlsbetont, ein etwas weltfremder Idealist und Schöngeist. Er erfreute sich allgemein zwar großer Beliebtheit, aber seine Sensibilität spielte ihm so manchen Streich, sodass er von gesundheitlichen und emotionalen Krisen sowie seelischen

Verstrickungen nicht verschont blieb. Aufgewühlte Emotionen und schmerzliche Erlebnisse versuchte er stets mit neuen Eindrücken und weiten Reisen hinter sich zu lassen.

Das Verhältnis der Brüder war nicht ohne Anspannung und immer wieder auf beiden Seiten von Rivalitäten geprägt. Die vielseitige Begabung des Jüngeren, seine künstlerische Ader und seine Beliebtheit, waren dem Älteren oft genug ein Dorn im Auge, sodass er ihn häufig aus der Heimat abzog und mit Aufgaben in territorialer Ferne betraute, um ihn außer Reichweite zu bringen. Maxim-Maxim folgte diesem Ruf gerne, weil er ihm Abenteuer versprach und das Gefühl abschwächte, hinter dem mächtigeren Bruder zurückstehen zu müssen. Er war zur Marine gegangen, liebte das Meer und pflegte weite Schiffsreisen zu machen, zum Privatvergnügen ebenso wie in militärischem Auftrag. Es wurde ihm ein Verwaltungsamt in einer entfernt gelegenen Provinz gegeben. Das kam seinem eigenen Machtstreben und dem Wunsch nach Autorität entgegen. Die zweite Geige zu spielen, schmeckte ihm wenig. Aber am Ende wartete Enttäuschung, als er merkte, dass er ohne eigene Machtbefugnis und immer den Vorgaben des Bruders unterstellt blieb. Schließlich fand das Unternehmen ein Ende und er verlor seinen Posten.

Der dritte Sohn Gero-Gero dagegen blieb mehr im Hintergrund. Er hatte viel Ähnlichkeit mit seinem Vater und lebte ein zurückgezogenes, von der Öffentlichkeit weniger beachtetes Leben. Da er in jungen Jahren kaum repräsentative Verpflichtungen zu erfüllen hatte, verblieb er ganz im Schatten der Brüder, enthielt sich aber nicht einer kritischen Haltung ihnen gegenüber, wenngleich er ihnen brüderlich zugetan war. Als seine wichtigste Aufgabe sollte sich später erweisen, mit zwei Söhnen den Fortbestand der Familie zu sichern.

Durch einen politischen Umsturz hatte Leo-Leo sehr früh das Ruder für sein familiäres Amt und Erbe übernehmen müssen. Kaum den Jünglingsjahren entwachsen, wurde ihm die Verantwortung des

Familienoberhauptes übertragen. Außerdem hatte ihm der amtierende Fürst – aus gesundheitlichen Gründen – die verantwortungsvolle Führungsaufgabe übergeben. Auch dessen Bruder Charlie-Charlie überließ seinem Sohn Leo-Leo schließlich diese Position, da dieser ohne Frage der Fähigere dafür war. Seiner Mutter Streben war damit von Erfolg gekrönt. Unterbaut von vernünftigen Argumenten, hatte sie aus Liebe zum Sohn selbst auf die höchste Stellung im Land verzichtet.

Zunächst war ihr das jedoch kein so großes Opfer, denn in den ersten Jahren der Amtszeit war Leo-Leo noch Wachs in ihren Händen, wovon er sich aber zunehmend emanzipierte. Aber zunächst war Gina-Gina die graue Eminenz, die alles mit unerbittlicher Strenge unter ihre Kontrolle zu bringen trachtete. Das war zumindest das Bild, welches sie nach außen repräsentierte. In ihrem Wesenskern aber war sie gefühlsbetont und weit weniger rigide als es den Anschein hatte. Die Familie bedeutete ihr alles – sie war eine liebende Mutter, die alles in ihrer Macht Stehende zum Wohle ihrer Söhne tat – aber sie sah Standesbewusstsein als vorrangige Verpflichtung vor persönlichen Belangen an. Vom ehrgeizigen Blick in eine auf Erfolgsdenken ausgerichtete Zukunft für das Fürstentum und die Familie geprägt, gewährte sie sich selbst kaum ein Abweichen vom Weg der Prinzipientreue.

So blieb es nicht aus, als die Zeit dafür reif war, dass sie es sich angelegen sein ließ, aktive Schritte zu unternehmen, um die Nachfolge zu sichern. Leo-Leo sollte heiraten, denn für Nachkommen musste baldmöglichst gesorgt werden. Mehrere mögliche Bräute wurden zwar ins Visier genommen, aber weder willkommen geheißen noch als passend empfunden. Der junge Fürst war kein Kind von Traurigkeit und hatte seine Erfahrungen in mehreren oberflächlichen Liaisons gemacht, was durchaus an der Tagesordnung und eine Selbstverständlichkeit war unter den Offizieren, denen er vorstand.

Die Heirat aber war eine andere Sache, die sollte möglichst standesgemäß oder politisch vorteilhaft ausfallen. Dabei wurde nicht nach Neigung gefragt, hier zählten vor allem Stammbaum und Güter neben diplomatischen Erwägungen – auf Letztere kam es Gina-Gina schließlich an. Vielleicht würde sich eine der Töchter aus der eigenen Verwandtschaft als geeignete Braut erweisen? Das war kein politischer Akt, sondern ließ sich als familiäre Angelegenheit abhandeln. Mit ihrer Schwester Luisa-Luisa schmiedete sie schließlich den Plan, deren älteste Tochter Tessa-Tessa dem Sohn als Braut zuzuführen. Die enge Verwandtschaft sollte dabei kein Hindernis sein. Dass deren Vater vor ihren Augen nicht den gewünschten Status erfüllte, wollte sie wohl als unumgängliches Übel schlucken.

Um den Heiratsplänen eine Chance einzuräumen, lud Gina-Gina ihre älteren Schwestern zusammen mit Luisa-Luisa und ihrer ältesten Tochter Tessa zu einem Treffen ein. Leo-Leo sollte sich mit der von ihr Auserwählten verloben. Luisa-Luisa nahm auch die jüngere Marisa-Marisa mit, die gerade ihren ersten Liebeskummer hinter ich hatte. Die neuen Eindrücke sollten sie von ihrer Schwärmerei ablenken. Vielleicht würde auch der jüngere Bruder Gero-Gero bei dieser Gelegenheit fündig werden, ließ Luisa-Luisa ihre Gedanken schweifen.

Eine familiäre Zusammenkunft in Adelshäusern verlief zur damaligen Zeit bei Weitem nicht so zwanglos, wie es heute vorstellbar wäre. Auch bei einem Stelldichein der Verwandten wurde besonders auf Etikette geachtet – trotz des als ganz zwanglos erklärten Arrangements. Allerdings wurde das vorgeschriebene Verhalten von den Anwesenden als etwas Selbstverständliches praktiziert, was der Formalität wiederum viel von ihrer Steifheit nahm. Die Sitzordnung bei Tisch war fest vorgegeben, die Unterhaltung beschränkte sich auf limitierte Themen und das zeitliche Programm war fixiert. Höflinge und Bedienstete waren selbstverständliches und notwendiges „Inventar", dem aber wenig

Beachtung geschenkt wurde. Dennoch ließ ihre Anwesenheit keine wirklich intime Atmosphäre zu, auch wenn ein solches Treffen nur im kleinen Kreis stattfand.

Bei der von Gina-Gina arrangierten Zusammenkunft gaben sich die jungen Damen relativ ungezwungen und sicher in der fremden Umgebung, und sie verhehlten nicht ihre Freude über all die neuen aufregenden Eindrücke, welche der Aufenthalt bei den hoch gestellten Verwandten mit sich brachte. Tessa verhielt sich distinguiert und wohlerzogen, konnte allerdings ihre Befangenheit nicht unterdrücken, da ihr die Mutter bereits Andeutungen über den Zweck des Treffens gemacht hatte. Marisa-Marisa war die Jüngste unter den Anwesenden. Kaum den Kinderschuhen entwachsen, war sie zu einer anmutigen jungen Frau geworden und strahlte großen Liebreiz auf ihre Umgebung aus.

Bei ihrem Anblick hatte Leo-Leo ein magischer Blitz getroffen, und in einem spontanen Aufruhr der Gefühle hatte er sich sekundenschnell in Marisa-Marisa verliebt. Es gab gar keinen Zweifel daran, dass es sich von seiner Seite um Liebe auf den ersten Blick handelte. Bruder Gero-Gero hatte es als erster der Anwesenden mit Enttäuschung bemerkt, denn er selbst war Marisa-Marisa schon seit einer früheren kindlichen Begegnung sehr zugetan und hatte sich gewisse Hoffnungen gemacht.

Als Marisa-Marisa bemerkte, dass sie die Zielscheibe der Aufmerksamkeit des Fürsten geworden war, war ihre Unbefangenheit auf der Stelle weggefegt. Das wiederum entflammte den jungen Mann noch mehr, und rasch stand sein Entschluss fest, die bezaubernde Jüngste im Kreis zu seiner Frau machen zu wollen.

Gina-Gina allerdings hielt die ältere Schwester für die ihr zugedachte Rolle viel geeigneter. Aber ihr blieb nichts anderes übrig, als ihres Sohnes Wahl zu akzeptieren. Letztlich war sie froh, dass er sich für eines der Mädchen aus der Familie entschieden hatte.

Wie aber erging es der jungen, so unerwartet zur Braut Erwählten selbst? Die Ereignisse hatten sich für sie überstürzt, und sie fühlte sich einfach überrollt. Gewiss hatte der schlanke junge Mann in seiner glänzenden Uniform ihr Gefallen erregt – sie fühlte sich geschmeichelt von seiner Aufmerksamkeit und war überwältigt von der Entschlossenheit seiner spontanen Liebe zu ihr. Nicht zuletzt war auch ihr Selbstbewusstsein gestärkt worden durch die Bevorzugung ihrer Person. Sie empfand ihrerseits ebenso eine stürmische Verliebtheit, der sie sich jedoch auch aufgrund ihrer Unerfahrenheit und Jugend ohnmächtig ausgeliefert fühlte.

Aber als die Sache ernst wurde, bekam sie es mit der Angst zu tun – vor der großen Verantwortung, vor dem neuen Leben, auf welches sie sich noch nicht vorbereitet sah. Worauf würde sie sich dabei einlassen? Und vor dem selbstsicherem Auftreten der mächtigen Tante empfand sie eine große Scheu.

Aber es gab kein Zurück, einen solchen Antrag durfte sie nicht ablehnen, damit hätte sie sich den Unmut ihrer Mutter und womöglich sogar die gesellschaftliche Ächtung für ihre ganze Familie zugezogen. Sie musste sich fügen und wollte es letztendlich auch, denn schließlich versprach es eine glänzende Zukunft, Reichtum und soziale Vorrangstellung. Das war es, was neben der eigenen Verliebtheit in ihren Augen doch einen hohen Stellenwert besaß und ihre Befindlichkeiten gegenstandslos werden ließ. Die erwählte Braut war also zunächst ungewollt – wenn auch für sie mit verlockenden Aussichten – in den Strudel der Ereignisse hineingezogen worden.

Die ältere Schwester der Braut, Tessa-Tessa, hatte sich insgeheim doch gewisse Hoffnungen gemacht. Somit konnte eine Enttäuschung über die Bevorzugung der Jüngeren nicht ausbleiben, aber das Verhältnis der Schwestern renkte sich dennoch bald wieder ein und war dann zeitlebens von großer Zuneigung und Verständnis vonseiten Marisa-Marisas geprägt. Und Tessa-Tessa sah rasch ein, dass sich Gefühle nicht erzwingen lassen konnten, wenn sie denn im

Spiele waren, was normalerweise bei dem Usus arrangierter Ehen nicht der Fall war.

Für Tessa-Tessa ging es vor allem um Gefühle. Mehrere Eheanträge schlug sie aus bevor sie später ihre große Liebe heiratete, einen reichen Gutsherrn, der zwar über weniger Macht, aber über desto größere Besitztümer und Ländereien verfügte und sie zur reichsten Frau im weiten Umkreis machte. Ihre Ehe war äußerst glücklich, aber leider nicht von langer Dauer. Ihr Ehemann verstarb sehr früh und ließ eine Zeit ihres Lebens trauernde Witwe zurück. Auch von ihren Kindern starben einige in jungem Alter, wobei der verbliebene Sohn ihr Augapfel wurde. Sie verwaltete die weitläufigen Güter bis zu dessen Großjährigkeit sehr geschickt. Trotzdem wurde sie - mit zunehmendem Alter - zeitweise von tiefen Depressionen heimgesucht. Der frühe Tod des geliebten Mannes ließ eine zu große Lücke zurück, die sie nie wirklich zu schließen vermochte.

Die Hochzeit

Der große Tag der Hochzeit von Marisa-Marisa und Leo-Leo rückte immer näher, die emsigen Vorbereitungen dafür waren abgeschlossen, und nun machten sich die nächsten Verwandten auf den Weg, Marisa in ihre neue Heimat zu begleiten. Ihre Familie hatte durch die bevorstehenden Ereignisse einen großen Prestigegewinn erhalten.

Der verliebte Bräutigam konnte den Tag der Ankunft kaum erwarten. Die Braut hegte immer noch gemischte Gefühle – einerseits war sie erfüllt vom Reisefieber und der Vorfreude, den eleganten Leo-Leo wiederzusehen, aber andererseits flößte ihr der Gedanke an den Verlust des bisherigen freien und ungezwungenen Lebens große Ängste ein.

Das stürmische Wiedersehen der Brautleute fegte schließlich alle Zweifel beiseite. Alles war so aufregend: die aufwendige Umgebung, die vielen Menschen, die sich um die Gunst der Braut bemühten, und die hohen Persönlichkeiten, denen sie vorgestellt wurde. Eigentlich war sie davon eingeschüchtert, und die vielen fremden Gesichter und die stete Beobachtung, der sie ausgesetzt war, machten sie befangen. Vor so viel Zeremoniell hätte Marisa-Marisa lieber die Flucht ergriffen, aber in all dem war sie wenigstens getragen von Leo-Leos warmer Zuneigung. Der fesche Bräutigam gefiel ihr zweifellos, gleichzeitig schmeichelte die ihr allseits entgegengebrachte Aufmerksamkeit ihrem Selbstgefühl. Selbst Gina-Gina bemühte sich liebvoll um die künftige Schwiegertochter und zeigte sich ihr von der freundlichsten Seite, auch wenn es sie einige Überwindung kostete zu akzeptieren, dass fortan nicht mehr sie selbst die erste Dame an der Seite des Sohnes war, sondern dessen junge Frau.

Der Einzug zur Trauung in die Kirche gestaltete sich glanzvoll, obwohl nur ein kleiner Kreis Auserwählter in den Kirchenbänken Platz fand. Als Marisa-Marisa nun an den engsten Angehörigen vorbeidefilierte und ihr Blick auf Maxim-Maxim, den jüngeren Bruder ihres Bräutigams, fiel, schnürte es ihr plötzlich die Kehle zu. Eine unerklärliche Traurigkeit überkam sie. Das war ihr äußerst peinlich, denn eine trübsinnige Braut konnte auf wenig Nachsicht hoffen. Spürte sie etwa den wirren inneren Sturm der Gefühle von Maxim-Maxim? Erst vor Kurzem war dessen Verlobte gestorben, dahingerafft von der Schwindsucht im gerade erblühenden Erwachsenwerden. Er hatte unsäglich unter diesem Verlust gelitten und vorübergehend war für ihn eine Welt zusammengebrochen. Holte ihn diese schmerzliche Erinnerung jetzt bei der Hochzeit wieder ein?

Marisa-Marisa wusste selbst nicht genau, was die tiefere Ursache für ihren Gefühlseinbruch war. Erst sehr viel später sollte ihr klar werden, dass ihre feinen Antennen unbewusst sein Gefühlschaos aufgefangen hatten.

Marisas neues Leben

Nach und nach fügte sich Marisa-Marisa in ihr neues Leben, auch wenn sie in den Anfängen noch ziemlich eingeschüchtert war von den vielen andersartigen Eindrücken. Bald jedoch wusste sie sich die Privilegien und Vorteile ihrer Stellung zunutze zu machen. Woran sie sich allerdings nie gewöhnen konnte, waren die engstirnigen und einengenden Vorschriften, nach denen der Alltag und die Repräsentationspflichten abzulaufen hatten. Auch das tonangebende Auftreten der Schwiegermutter ließ wenig Raum für die eigene Persönlichkeitsentfaltung. Außerdem konnte sie sich nur sehr schwer damit abfinden, nie wirklich Privatperson zu sein, sich kaum zurückziehen zu dürfen, in jeder Situation dem Blickfeld, der Kritik und dem Einfluss der zahlreichen Personen ihrer Umgebung und oft auch der Öffentlichkeit ausgesetzt zu sein. Dagegen rebellierte sie innerlich mehr und mehr – zunehmend kompromissloser werdend. Am meisten litt sie unter den Angriffen und Verleumdungen der höfischen Gesellschaft, die ihr teilweise auch feindlich gesinnt war.

Anfangs konnte sie wenig ausrichten, musste sich fügen und unterordnen, aber im Laufe der Zeit lernte sie, sowohl strategisch als auch eigenwillig ihre Persönlichkeit zu vertreten. Ihr Bedürfnis nach Freiheit und der Wille, sich eigenständig zu bewegen, wurden immer größer. Und auf die Dauer fühlte sie sich von den Zwängen und Verpflichtungen in ihrer Position derartig eingeschränkt, dass sie immer häufiger den Eindruck gewann, ihr werde die Luft zum Atmen genommen. Dazu kam, dass Leo-Leo zwar erwartete, dass sie uneingeschränkt seinen persönlichen Bedürfnissen wie auch den äußeren Pflichten nachkam, er seine Gattin aber nie wirklich an seinen Plänen, Entscheidungen und Problemen beteiligte.

Dass Pflicht und Selbstständigkeit einander nicht hätten ausschließen müssen, kam ihr dabei nicht in den Sinn, dafür hatte sie auch zu wenig Erfahrung im Umgang mit den Erwartungen, die man an sie stellte. Die goldene Mitte zu suchen und ihre individuelle Persönlichkeit in den Dienst der größeren Sache zu stellen sowie ihre Stärke in die Pflichten einzubringen, wäre ihre eigentliche Aufgabe gewesen. Das jedoch konnte sie zu jenem Zeitpunkt nicht erkennen und beachten.

Die erste Zeit nach der Eheschließung war getragen von der gegenseitigen Liebe – Leo-Leo war ebenso ein stürmischer Liebhaber, wie er andererseits auch zärtlich sein konnte. Anfangs zeigte er ein rücksichtsvolles Verständnis für Marisas kindlich gebliebenes Gemüt, welches auf sein leidenschaftliches Begehren wenig vorbereitet war. Bald jedoch öffnete sie sich ihm und erwiderte seine Liebe, häufig suchte sie auch Zuflucht in seinen Umarmungen vor der Missgunst so mancher auf ihre hochadelige Herkunft stolzen Hofdame und vor den Maßregelungen Gina-Ginas.

Letztere zogen Marisa-Marisas Selbstbewusstsein arg in Mitleidenschaft, obwohl Gina-Gina glaubte, in bester Absicht zu handeln. Allerdings war es auch für sie als Schwiegermutter nicht leicht, mit der Situation umzugehen. Seit der Heirat spielte sie im Leben des Sohnes nicht mehr die Hauptrolle, und die Schwiegertochter entwickelte sich immer mehr zum Freigeist mit eigenen Interessen, unkonventionellem Verhalten und einer Tendenz zur Flucht vor den erstarrten konservativen Normen ihrer Umgebung. Vor allem die Missgunst, die ihr hinterrücks entgegengebracht wurde, trieb sie im Laufe der Zeit immer mehr in die Isolation, die sie jedoch gleichzeitig als eine Art schicksalhaften Leidensweg betrachtete.

Ihrer ersten Pflicht – der Geburt mehrerer Kinder – kam sie erwartungsgemäß nach, sie hatte jedoch wenig Einfluss auf deren Erziehung. Für betreuendes Personal war ausreichend gesorgt, und es wurde strengstens darüber gewacht, dass die Kinder ihrer *höfischen Rolle gemäß aufwuchsen – auch das war absolut selbstverständlich in jenen Kreisen.*

Marisa-Marisa stand all dem machtlos gegenüber, konnte kaum etwas dagegen unternehmen. Dadurch war letztlich ihrer tieferen Zuneigung und Hinwendung zu den Kindern ein Riegel vorgeschoben, dem sie immer weniger Widerstand entgegenzusetzen imstande war. Durch die Einmischung der Erzieher, die den Alltag der Kinder maßgeblich bestimmten, fühlte sie sich ihnen bald schon so entfremdet, dass sie später keine echte Nähe mehr zu ihnen aufzubauen vermochte. In ihrer Frustration beschäftigte sie sich immer ausschließlicher mit sich selbst und gab nicht nur ihren persönlichen Interessen neue Nahrung, sondern flüchtete aus diesem Kreislauf in eine Vereinsamung, unter der sie jedoch unsäglich litt.

Marisa-Marisa konnte nicht in allem den in sie gesetzten Erwartungen gerecht werden, und so scheute sie auch vor seltsamen Verhaltensweisen nicht zurück. Schon die Tatsache, dass Leo-Leo in privaten Angelegenheiten die Ratschläge seiner Mutter berücksichtigte, vertiefte sich in ihr immer mehr zu einer herben Enttäuschung. Dadurch war ihre eigene Einflussnahme weitgehend ausgeschaltet oder zumindest reduziert. Aber solange sie sich der Liebe Leo-Leos – trotz seiner engen Bindung an Gina-Gina – gewiss war, hielten sich ihre eigenbrötlerischen Capricen – beispielsweise die Beschäftigung mit Spiritismus, übertriebene sportliche Aktivitäten, ungesunde Diäten und andere Ausdrucksformen ihrer freiheitlichen Bedürfnisse - in Grenzen. Sie passte sich den Gegebenheiten immer wieder an und rang sich durch, Leo-Leo zur Seite zu stehen, sofern er es zuließ und so gut sie es vermochte.

Eines Tages aber ereignete sich ein schwerwiegender Bruch in der Beziehung zu Leo-Leo, in dessen Folge sich fortan beider Verhalten entscheidend veränderte. Marisa-Marisa erhielt Kenntnis von Leo-Leos Untreue, und das war etwas, womit sie nicht umgehen konnte. Für sie war es ein harter Schlag und eine Verletzung, die wie ein eiserner Panzer ihre Empfindungswelt umschloss – eine kritische Situation, die wie in einem Teufelskreis ihre Schlinge um sie immer fester zuzog.

Nach der Geburt der Kinder kristallisierte sich zunehmend heraus, dass Marisa-Marisa der sexuellen Vereinigung in der ehelichen Verbindung nicht mehr die primäre Bedeutung beimaß, dass andere Dinge für sie an Vorrang gewannen, und so suchte sie sich sogar Leo-Leos Begehren immer öfter zu entziehen, weil die gemeinsamen Interessen immer weiter auseinanderdrifteten, weil sie weder an seinem Innenleben noch an seinen beruflichen Belangen Anteil haben durfte. Und trotzdem war es der Schock ihres Lebens, dass sich Leo anderweitig schadlos hielt. Dieser liebte seine Angetraute und Mutter seiner Kinder zwar nach wie vor – im Grunde änderte sich das auch niemals – aber für seine sexuellen Bedürfnisse und Vergnügungen bedurfte er anderer Verfügbarkeiten. Diesem Ausweichen auf Liebschaften sollte er lebenslang folgen – unabhängig von seinen tiefen Liebesgefühlen, die er für seine Frau zweifellos empfand, hielt er sich stets eine – möglicherweise auch mehrere – mehr oder weniger heimliche – Geliebte.

Als Marisa-Marisa davon Kenntnis bekam, konnte sie sich zunächst nicht damit abfinden. Es war für sie ein unlösbarer Konflikt, dass sie Leo-Leo mit einer anderen Frau auf diese Art teilen sollte. Diese Kränkung war eine Verletzung, die nie wirklich verheilte, auch wenn sie sie größtenteils zu verdrängen suchte, später auch resigniert hinnahm und durch ein immer stärkeres Hineinsteigern in ihre persönlichen Interessen kompensierte. Ihr Verhalten gegenüber der verlangten Präsenz und Verfügbarkeit war zunehmend von Ausflüchten vielfältiger Art und vom Reisefieber getriebenen Fluchten geprägt. Sie begann noch intensiver ihr eigenes Leben zu leben und ihren eigenen Interessen wie Literatur, Reiseabenteuer oder Sport und vielem mehr absolute Priorität zu geben.

Anfangs schützte sie noch Krankheit vor, um sich unbequemen öffentlichen Herausforderungen und Erwartungen zu entziehen.

Häufig fühlte sie sich auch tatsächlich krank, elend und voll innerer Unruhe, wenn Leo-Leo in ihrer Nähe war. Wenn sie in der höfischen Zwangsjacke zu stecken hatte, glänzte sie immer öfter durch Abwesenheit und verbrachte einen großen Teil des Jahres weitab der Residenz. Sie ging ihren schöngeistigen Neigungen nach, pflegte ihre Liebe zur Natur und zu ihren Tieren, außerdem verfolgte sie sportliche Ereignisse mit großer Aufmerksamkeit.

In ihrer Position war das ein unverzeihlicher Fehler, welcher Neid, Missgunst und mangelndes Verständnis in ihrem Umfeld kreierte. Aber das war für Marisa-Marisa der einzige und mögliche Weg, um ihre eigene Persönlichkeit zu entwickeln und sich ihrer Individualität bewusst zu werden. Wenn sie mit genau diesen „Gegenmaßnahmen" ihren Status und den Stolz der Familie, in die sie hineingeheiratet hatte, tief verletzte, dann erkannte sie diese Konsequenz ganz und gar nicht, sie wusste auch nicht, wie sie beides – ihr verletztes emanzipiertes Eigenleben und die von ihr erwarteten Aufgaben – unter einen Hut hätte bringen können.

Dadurch wurde auch die Kluft immer unüberbrückbarer, die sich zwischen ihr und Gina-Gina aufgetan hatte. Aus der anfänglich noch sehr bemühten und wohlwollenden Akzeptanz der Schwiegertochter entwickelte sich in Gina-Gina allmählich ein immer ablehnenderes Unverständnis. Die beiden Frauen waren zu Gegnerinnen geworden, die gegenseitig in innere Kampfstellung gingen, sobald sie aufeinandertrafen.

Gina-Gina begriff auch Marisa-Marisas Empfindlichkeit in Bezug auf Leo-Leos Untreue nicht. Ihrer Ansicht nach musste eine Frau in ihrer Position über solche Dinge hinwegsehen können. Dem Status zuliebe durfte solch persönlichen Belangen keine Bedeutung gegeben werden. Gina-Gina war sich sicher, dass Leo-Leos Affären seine Liebe zu Marisa-Marisa nicht wirklich tangierten. Sie selbst hatte in ihrer jungen Ehe so mancher Liebelei ohne größere Gewissensbisse stattgegeben. In diesem Punkt zog sie keine engen Grenzen, schließlich kam es nur darauf an, geschickt, diplomatisch und vor allem souverän damit umzugehen. Gina-Gina verübelte der

Schwiegertochter ihre aus verletztem Stolz geborene Abwendung von Leo-Leo. Aber Marisa-Marisa dachte in dieser Angelegenheit ganz anders, im Übrigen konnte sie gerade in diesem Punkt nicht über ihren Schatten springen. Schließlich fand sie in ihrem Herzen nicht mehr zurück zu Leo-Leo, dem sie einst ihre ganze Zuneigung und Liebe zugewendet hatte. Viel zu tief hatte er in ihr eine Wunde geschlagen, und in der Folge verstieg sie sich darin, ihre eigenen Vorlieben frei und ungezwungen auszuleben.

Dann trat eines Tages Giulio-Giulio in ihr Leben. Er war ein rebellischer Hitzkopf, der sich von der schönen und einflussreichen Frau den Aufstieg in seiner Karriere erhoffte. Beide spürten eine große Neigung zueinander – hätte es ihre soziale Stellung erlaubt, wäre vermutlich eine heftige Leidenschaft entbrannt. Aber das ließen beide nicht zu, sie waren zu klug, um sich über die bestehenden Standesunterschiede hinwegzusetzen. Giulio-Giulio war sich bewusst, dass er bei Leo-Leo keine Chance für seine ehrgeizigen politischen Pläne gehabt hätte, wäre er der Versuchung erlegen, Marisa-Marisa für eine Liebesbeziehung zu gewinnen. Sie wiederum war zu stolz, den gleichen Fehler zu begehen, den sie Leo-Leo so sehr ankreidete. In solchen Situationen – und es war nicht das einzige Mal, dass sie von einem ihrer zahlreichen Anbeter offen oder im Geheimen begehrt wurde – identifizierte sie sich mit ihrem unantastbaren Status und gab sich keine Blöße.
Obwohl Marisa-Marisa die allseitige Bewunderung der Männer sehr genoss, blieb sie stets eine Perfektionistin, die trotz ihres Außenseitertums zeitlebens von einer großen Angst vor Kontrollverlust und Bloßstellung belastet war. Giulio-Giulio war ihr zwar mehr als zugetan, aber er benutzte sie vor allem für seine Zwecke, gewann sie für seine Vorhaben, die er zu großen Idealen aufheizte, und für die sie sich begeistern konnte. Sie setzte sich rückhaltlos für seine Ziele ein und konnte auch Leo-Leo dahingehend lenken, eine weittragende politische Entscheidung zugunsten der Pläne und Absichten Giulio-Giulios zu treffen. Diesmal hatte sie es

geschafft, dass sie gemeinsam am gleichen Strang zogen, und dadurch kamen sich die beiden Eheleute unverhofft wieder näher.

Das unmittelbare Resultat ihrer neuerlichen Annäherung war zu aller Überraschung eine gemeinsame Tochter, die nach vielen Jahren als Nesthäkchen geboren wurde. Bei ihr holte Marisa-Marisa alles nach, was ihr bei den älteren Kindern nicht vergönnt gewesen war. Die jüngste Tochter Larissa-Larissa überschüttete sie mit all ihrer Liebe und Zuneigung, was von dieser jedoch nur bedingt erwidert wurde. Später löste sich die spät geborene Tochter immer mehr von der Mutter und heiratete sehr früh. Sie war ihrem Vater weit mehr zugetan und stets eine strenge Kritikerin der Mutter, für deren Extravaganzen sie wenig Verständnis aufbrachte. Für Larissa-Larissa bedeuteten ihre Liebesheirat und ihre zahlreichen Nachkommen die Lebenserfüllung. Damit entfernte sie sich bereits relativ früh aus der Reichweite der Mutter und entzog sich deren Besitzanspruch und überbordender Fürsorge. Das war ein weiterer Grund für Marisa-Marisas in späteren Jahren zunehmende Abwesenheiten von der Familie. Mit ihrer älteren Tochter, die ebenfalls sehr früh verheiratet worden war, hatte sie noch weniger Gemeinsamkeiten. Von Anfang an bestand eine Entfremdung, die kaum mit warmer Nähe oder gegenseitigem Verständnis einherging.

Den Erbsohn Gianni-Gianni dagegen liebte Marisa-Marisa auf ihre Weise, verstand auch dessen sensible Natur. Sie wünschte sich einen engeren Kontakt und griff auch ein, wenn die rüden Methoden der Erzieher der Psyche des Knaben all zu sehr zu schaden drohten, aber letztlich blieben beide - Mutter und Sohn - unfähig, aufeinander zuzugehen und eine natürliche Vertrauensbasis aufzubauen.

Gianni-Gianni hatte dennoch viel von seiner Mutter mitbekommen, und eigentlich waren sie sich in vielerlei Hinsicht in ihrer Natur sehr ähnlich. Umso bedauerlicher war es für sie, dass sich zwischen ihnen keine offene Kommunikation entfaltete. Gianni-Gianni hatte große Probleme mit dem Vater, nahm so wenig Anteil an dessen Gedankenwelt und verfolgte später nicht die Prinzipien, nach denen man ihn zu erziehen versucht hatte. Leo-Leo ging umgekehrt auch keinen Schritt auf ihn zu, lud ihn auch nie in seinen Aufgabenbereich ein – zu unterschiedlich waren die Welten, und das empfanden beide als nicht überbrückbar. Marisa-Marisa versuchte immer wieder zwischen Vater und Sohn zu vermitteln, blieb aber erfolglos in ihren Bemühungen. Letztlich deckten sich in vielen Dingen ihre eigenen Ansichten weit mehr mit des Sohnes freierem Denken als mit Leo-Leos bürokratischen Strukturen. Dieser kam seiner Aufgabe nach bestem Wissen und Gewissen nach, aber dafür konnten sich weder Marisa-Marisa noch Gianni-Gianni genügend begeistern.

In dieser unterkühlten Familienatmosphäre, in der es keiner der Beteiligten verstand, die sich zwischen ihnen aufbauende Distanz zu verringern, aufeinander zuzugehen und gegenseitigem Vertrauen und harmonischem Meinungsaustausch eine Chance zu geben, hatte Marisa-Marisa dennoch eine Gruppe von Vertrauten um sich geschart, denen sie mit Wärme begegnete und deren Nähe sie zuließ und auch genoß. Das waren vor allem einige ihrer persönlichen Bediensteten, sowie Literaten und gesellschaftliche Außenseiter. Vor allem mit ihren Reitsportpartnern hielt sie ein sehr freundschaftliches Verhältnis aufrecht.
Einmal ging das Gerücht um, sie habe mit dem Schotten Kevin-Kevin eine Liebesbeziehung. Dieser verehrte Marisa-Marisa – gewiss bestand auch eine erotische Spannung zwischen beiden – aber Marisas Sympathien galten ebenso dem Feuerkopf Mirko, der für die großen Parforcejagden zuständig war. Mirko verfiel immer wieder in große Eifersuchtsanfälle gegenüber Kevin-Kevin, denn er liebte Marisa-Marisa leidenschaftlich. Das wiederum drang nicht so sehr an die Oberfläche, denn Marisa-Marisa zeigte ihm ihre Zuneigung nur in sehr kontrollierter Form und ließ ihn über ihre eigenen Gefühle im Unklaren.

Ein besonders herzliches Verhältnis unterhielt sie allerdings zu ihrem Schwager Maxim-Maxim, sofern er sich nicht auf Reisen oder in seinem entfernten Domizil aufhielt. Beide hatten großes Verständnis füreinander und kamen sich sofort nahe in den seltenen Momenten, in denen sie gleichzeitig im Kreise der Familie weilten. Die natürliche Beschaffenheit ihrer engen Verbindung blieb aber nicht ohne Beachtung, sodass Lajos-Lajos – ein engerer Mitarbeiter Leo-Leos – die beiden anschwärzte und Marisa-Marisa der Untreue bezichtigte. Marisa hatte Lajos-Lajos anfangs sehr geschätzt und war ihm unterdessen freundschaftlich gesinnt. Er jedoch empfand insgeheim mehr als Freundschaft für sie, weshalb seine Eifersucht in Maxim-Maxim einen Rivalen witterte – und nicht nur in ihm ...

Lajos-Lajos war Leo-Leos Assistent und Vertrauter, somit war in seiner Position für Sticheleien und Intrigen der Boden bereitet. Schon seit geraumer Zeit argwöhnte Marisa-Marisa, dass Lajos-Lajos sie und Gina-Gina gegeneinander ausspielte. Als sie von seinen Anschuldigungen und der Kritik an ihr erfuhr, zeigte sie ihm fortan nur noch die kalte Schulter. Wer einmal ihre Gunst verspielt hatte, erhielt kaum jemals eine zweite Chance, sondern stand vor einer undurchdringlichen Mauer, die sie konsequent vor ihm aufrichtete. Dabei hatte Lajos-Lajos, was Maxim-Maxim betraf, nicht einmal so unrecht – Marisa-Marisa und Maxim-Maxim verband eine besondere Nähe. Sie waren Gleichgesinnte, und es gab Momente, da ging ihre Beziehung weit über den verwandtschaftlichen Kontakt hinaus. Sie kamen sich nahe bei den seltenen Gelegenheiten, wenn sie füreinander Zeit hatten oder es sich beispielsweise ergab, dass Maxim-Maxim als ihr Reisebegleiter zum südlichen Mittelmeer fungierte. Die Magie der exotischen Orte weckte dann unbewusste Erinnerungen und starke Gefühle der Sehnsucht. Aber jedes Mal entschwand Maxim-Maxim wieder aus ihrem Blickfeld, er hielt sich nie dauerhaft in der emotional geladenen Zone der Familie auf.

Beider verständnisvolle Sympathie-Verbindung sollte sich jedoch verändern in eine unterkühlte Atmosphäre gegenseitiger Rivalitäten sobald Maxim-Maxims künftige Ehefrau die Bühne der Familie betrat. Die Zeit war für ihn gekommen, nach einer passenden Braut Ausschau zu halten. Er wollte nicht länger immer nur zusehen, wie andere Männer schöne Bräute heimführten – selbst sein Bruder Gero-Gero hatte inzwischen geheiratet. Er hingegen war noch unvermählt, doch das sollte nun anders werden.

Die Reise ohne Wiederkehr

Noch kannte Maxim-Maxim seine Auserwählte nicht persönlich. Lore-Lore galt als passende Partie aus gutem Hause, entstammte einem reichen Herrschergeschlecht und war für die Rolle in der Öffentlichkeit angemessen erzogen worden. Wie würde sie auf den jungen Mann wirken, konnte er Gefallen an ihr finden – und würde sie ihn akzeptieren? Beider Eltern waren sehr für diese Verbindung eingenommen, aber Maxim-Maxim trat mit gemischten Gefühlen die Reise ins Ausland an und der Auserwählten erging es nicht anders, als sie die Ankunft des angedachten Bräutigams zu erwarten hatte.
Als sich beide gegenüberstanden, verliebte sich Lore-Lore sofort in ihn. Er gefiel ihr, der gut aussehende Offizier mit der gefühlvollen Stimme und dem schwärmerischen Blick. Maxim-Maxim war ebenfalls angenehm überrascht von der Eleganz der jungen Dame mit den gewandten Umgangsformen, ihrer Eloquenz und der besonderen Fähigkeit, mehrere Fremdsprachen ausgezeichnet zu beherrschen. In der anregenden ersten Unterhaltung erwies sie sich als außerordentlich klug und die zwei entdeckten bald eine Reihe von gemeinsamen Interessen. Einer Verlobung und Heirat stand folglich nichts im Wege.
Lore-Lore war glücklich – sie liebte Maxim-Maxim und freute sich auf ein Leben an seiner Seite. Gina-Gina schloss die neue Schwiegertochter sofort ins Herz, denn diese entsprach ganz ihren Wünschen – die beiden Frauen verstanden sich auf Anhieb. Auch von der übrigen Familie wurde sie herzlich aufgenommen, und in Windeseile waren alle von ihr angetan. Nur Marisa-Marisa beäugte die neue Schwägerin mit Argwohn – schnell wurde ihr klar, dass ihr in Lore-Lore eine ernsthafte Rivalin erwachsen würde, und zwar ganz allgemein und im Besonderen die Gunst Gina-Ginas und Maxim-Maxims betreffend. Die beiden Schwägerinnen gingen sich also möglichst aus dem Weg, taten der Höflichkeit Genüge, fanden aber zu keiner Gemeinsamkeit oder Sympathiebekundung. Marisa-

Marisa war erleichtert, als Maxim-Maxim mit seiner jungen Frau bald in sein entferntes Domizil abreiste. Auch Leo-Leo war froh, den Bruder verehelicht und wieder in geografischer Distanz zu wissen.

Maxim-Maxim hatte nunmehr keine großen offiziellen Verpflichtungen, die ihn ausfüllten, vielmehr genoss er mit Lore-Lore an seiner Seite das Leben als Privatmann und konnte somit seinen Hobbys frönen. Er ließ sich eine traumhaft luxuriöse Villa bauen, beschäftigte sich mit Naturstudien, Reisen und den schönen Künsten. Er fand sich mit der Situation ab und war es zufrieden – aber nicht so Lore-Lore! Ihr unbändiger Ehrgeiz machte sie zunehmend ruheloser, sie war nicht erzogen worden für ein Leben in der Abgeschiedenheit ohne öffentliche Verpflichtungen, sondern war mit großen Erwartungen diese Ehe eingegangen. Sollte sie nun ihre Tage als unbedeutende Privatfrau verbringen – fern von Familie, Freunden und höfischer Repräsentation? Das war nicht nach ihrem Geschmack.

Lore-Lore empfand es als eine Erlösung, als eines Tages unerwartet ein Angebot aus dem Ausland an Maxim herangetragen wurde. Garry-Garry, der Fürst eines Nachbarlandes, bot Maxim-Maxim eine staatliche Führungsposition in einem entlegenen Kolonialstaat an. Dieser Fürst sah eine Möglichkeit, den Einfluss seines Landes auszuweiten und seine Macht zu stärken, indem er die vom Bürgerkrieg zerrüttete Kolonie besetzte und ihr eine Führungspersönlichkeit seiner Wahl an die Spitze befahl. Freundschaftlich mit Maxim_Maxim verbunden, war er davon überzeugt, dass dessen Herkunft ihn für diese Aufgabe zu prädestinieren schien. Der Auserwählte hatte jedoch zunächst große Bedenken, obwohl ihn die Vorstellung durchaus abenteuerlich reizte. Für Lore-Lore bedeutete dieses Angebot Wasser auf ihre Mühle – endlich sollte sich ihr Leben verändern und sie würde eine offizielle Position in der Öffentlichkeit innehaben. Sie überredete Maxim-Maxim, den ehrenvollen Auftrag anzunehmen.

Beide durchschauten nicht, dass sie damit in eine Falle gerieten, weil Maxim-Maxim nur als Strohmann für Garrys Machtansprüche fungierte. Wie sich die Lage vor Ort tatsächlich entwickeln würde, hatten die beiden nach Ruhm und Ehren Dürstenden nicht vorhersehen können.

Bevor er sich entschloss, beriet sich Maxim-Maxim natürlich mit Leo-Leo und der Familie. In dieser schwerwiegenden Entscheidungssituation waren Marisa-Marisa und Gina-Gina uneingeschränkt einer Meinung. Sie stellten sich strikt gegen diesen Plan, instinktiv ahnten sie, dass sich die Eheleute auf eine zu große Unsicherheit einlassen würden. Vor allem Gina-Gina schien der Gedanke unerträglich, dass ihr geliebter Sohn sich in weiter Ferne ihrer Reichweite entziehen könnte.

Schließlich aber konnten beide Frauen nichts gegen die Tendenzen des Geschehens ausrichten und fügten sich in das unvermeidliche Schicksal - sie mussten Maxim-Maxim ziehen lassen. Das sollte sich noch als großer Fehler erweisen. Leo-Leo ebenso wie Bruder Gero-Gero und Onkel Alberto-Alberto, der als Ältester und graue Eminenz der Familie mitzureden hatte, zeigten sich zwar zunächst ebenfalls skeptisch, aber schließlich unterstützten sie das verlockend scheinende Angebot. Allerdings stellte Leo-Leo die Bedingung, dass sein Bruder mit dieser Entscheidung auf die Zugehörigkeit zur Familie und alle daraus abgeleiteten Rechte verzichten müsse.

Das war ein harter Schlag für Maxim-Maxim, der eine tiefe Wunde in seinem Inneren schnitt. Er kämpfte dagegen an und geriet in heftige Auseinandersetzungen mit Leo-Leo, aber dieser blieb unnachgiebig. Maxim-Maxim hatte keine Wahl - auf das eine oder andere musste er verzichten. Sein Stolz und sein Ehrgeiz entschieden sich schließlich gegen die Familie, und auch Lore-Lores Drängen trug nicht unwesentlich zu diesem Entschluss bei. Zuletzt war es Garry-Garrys Frau Genia-Genia, die den definitiven Ausschlag gab. Maxim-Maxim war von ihrer Schönheit und Anmut bezaubert, und sie hatte großen Einfluss auf ihn. Es gelang ihr auf taktisch kluge Weise, seine letzten Zweifel zu zerstreuen und ihn für ihres Gatten Plan zu gewinnen.

Die besondere Magie zwischen Genia-Genia und Maxim-Maxim war lange Zeit nicht zu ergründen, hatte in dieser Episode doch nur ein schmaler Ausschnitt des Geschehens – hier die Beeinflussung der Entscheidung zur kolonialen Übernahme – Licht auf gegenseitige Anziehungskraft der beiden geworfen.

In der Gegenwart als der gefeierte Dirigent begegneten sich Maxim und Genia erneut, was zur Folge hatte, dass sie für mehrere Jahre seine heimliche Geliebte wurde. Aber ebenso plötzlich, wie die Beziehung begonnen hatte, beendeten sie die beiden wieder. Ein Zyklus der gemeinsamen Geschichte ging in einem letzten neu belebten Funken energetischer Dynamik zu Ende – und mündete in einer unspektakulären Auflösung.

Zurückschwenkend zu der politischen Einsetzung Maxim-Maxims, nahm dieser den Abschied von der Mutter und den Verlust seiner Wurzeln so schwer, dass er diesen Einschnitt nie ganz verkraftete. Aber nach außen gab er sich stark und zuversichtlich, denn er war auch voller Vorfreude auf das neue unbekannte Leben. Seine beiden Brüder spürten eine gewisse Erleichterung – sie hatten immer schon mit dem mittleren Bruder rivalisiert, der sich in so vielen Dingen von ihnen unterschied und der ganz persönliche Liebling der gemeinsamen Mutter war. Sein Weggang stärkte ihre eigene Stellung innerhalb der Familie. Sie weinten ihm vorerst nicht wirklich eine Träne nach.

Maxim-Maxim setzte sich mit aller Kraft für die zunächst zweifelhaft scheinende Angelegenheit ein und sah sich als Instrument einer idealistischen Mission. Doch wie sehr sollte er sich darin täuschen.

Das Unternehmen war von Anfang an zum Scheitern verurteilt, überhaupt war es unter Vorspiegelung falscher Tatsachen zustandegekommen. Maxim-Maxim war grundsätzlich unerwünscht in dem fremden Land, das von Missständen aller Art gebeutelt war. Das Volk wünschte keine Fremdherrschaft, sondern setzte alles daran, unabhängig zu bleiben. Zwar konnte Maxim-Maxim einen kleinen Kreis von Getreuen um sich scharen, aber der Großteil der Bevölkerung und diejenigen, die für sich selbst den Machtanspruch geltend zu machen suchten, waren gegen ihn und unterminierten systematisch seine Stellung.

In den ersten Jahren konnten sich Maxim-Maxim und seine Frau noch über alle Schwierigkeiten hinwegsetzen. Sie führten ein gesellschaftliches Leben in großem Luxus, Lore-Lore war in ihrem Element und Maxims Bauleidenschaft brach erneut durch. Er sparte nicht an Ausgaben, um alles so luxuriös und herrschaftlich wie möglich auszustatten. Ihre Ehe hatte sich auf ein kameradschaftliches Verhältnis eingependelt, innerhalb dessen beide – unter den besonderen Umständen – am gleichen Strang zogen. Ihre Gemeinsamkeit war von gegenseitigem Respekt, aber nicht von leidenschaftlicher Liebe getragen.

So blieb es nicht aus, dass sich Maxim-Maxim eines Tages in Conny-Conny verliebte, welche die Frau eines Bediensteten seines großen Haushalts war. Der Standesunterschied störte ihn wenig, das schien den dortigen Verhältnissen entsprechend von geringer Bedeutung zu sein. Die junge Angestellte liebte Maxim-Maxim ebenfalls, denn sie bewunderte ihn und machte ihn rasch zu ihrem Lebensinhalt. Sie verwöhnte ihn, wo sie konnte, gestaltete seinen Alltag mit immer neuen Überraschungen – und war ihm überdies bedingungslos ergeben.

Lore-Lore schien das zu tolerieren oder nahm es aller Wahrscheinlichkeit nach gar nicht wahr. Zu sehr war sie mit den sich zuspitzenden politischen Schwierigkeiten beschäftigt, denen

Maxim-Maxim auswich, indem er Trost und Zerstreuung bei der jungen Geliebten suchte.

Inzwischen ballten sich aber drohende dunkle Wolken immer dichter zusammen. Die Stellung und Autorität des herrschaftlichen Paares war ernstlich gefährdet, letztlich bekannten sich nur einige wenige Getreue in ihrer Unerschütterlichkeit zu Maxim-Maxim. Seine adelige Herkunft aus der Heimat bedeutete in jenem Land gar nichts, aber genau darauf vertraute er fatalerweise.

Der rebellische Despot Reza-Reza, der vor der Berufung Maxim-Maxims die kolonialisierte Region politisch gelenkt hatte, brachte genügend Hintermänner auf seine Seite, mit deren Hilfe er den unliebsamen Rivalen bekämpfte und das Volk gegen ihn aufwiegelte. Lore-Lore – in ihrer Not und mit einer letzten Hoffnung auf einen Ausweg aus der verfahrenen Situation – kehrte nach Hause zurück, suchte den Kontakt zur Familie und bat zuerst Garry-Garry um Hilfe und militärische Intervention. Als dieser ihren Wunsch ablehnte, wandte sie sich weiter an ihre eigene Familie und schließlich an Leo-Leo. Aber alles vergebens, niemand war bereit, sich in die verfahrene Sache einzumischen und Hilfestellung zu geben. Aus heimatlicher Sicht war das alles so weit entfernt und fremd.

Garry-Garry hatte sich mit der Einsetzung des jungen Adeligen zwar eine Ausweitung seiner eigenen Machtbefugnisse erhofft, aber in dem Moment, als alles schiefzulaufen begann, machte er einen Rückzieher und wollte seine Hände nicht mehr im Spiel haben. Allerdings war sich niemand über die wahre Brisanz und Auswegflosigkeit der Lage voll bewusst. Damals spielten geografische Entfernungen noch eine größere Rolle als heute, und natürlich war niemand über jedes Detail der Lage vor Ort genau informiert. Was sich in der Ferne abspielte, tangierte das Leben in der Heimat nur wenig oder überhaupt nicht.

Maxim wäre zu diesem Zeitpunkt die Chance geblieben – freiwillig auf die politische Spitze zu verzichten und rechtzeitig das Land zu verlassen. Aber das ließ sein Stolz nicht zu, zumal ihm die Rückkehr in die eigene Familie verwehrt blieb. Eine Rückkehr wäre dem Eingeständnis des Versagens gleichgekommen, daher gelang es ihm nicht, aufzugeben, von der Macht loszulassen und dem Land den Rücken zu kehren. Dabei machte sich auch seine Erziehung bemerkbar, die ihn gelehrt hatte, in schwierigen Situationen durchzuhalten, dass weder Verzicht noch Ausweichen – also sein Abdanken oder gar seine Flucht – eine Lösung darstellte.

Zudem war in erster Linie Lore-Lore die Treibende, die ihn ständig beschwor, um jeden Preis durchzuhalten. Das galt für sie als die wichtigste Tugend in ihrer Position. Aber sie hatte sowohl den Ernst der Lage unter- als auch ihr eigenes Durchhaltevermögen überschätzt. Als sie in der alten Heimat überall abgewiesen worden war, verlor sie auf tragische Weise – in der Überforderung – sowohl ihre Nerven als auch den Verstand. Als sich ihr Bewusstsein vernebelte, konnte sie nicht mehr zu Maxim-Maxim zurückkehren und erfuhr dessen furchtbares Ende nicht mehr.

Als großer Fehler sollte sich auch Maxim-Maxims mangelnde Menschenkenntnis erweisen. Er umgab sich mit falschen Ratgebern und hörte zu wenig auf die wohlmeinenden Wenigen, die ihm wirklich zugetan waren. Einer der besonders zwielichtigen Berater, dem er bis zuletzt vertraut hatte, puschte ihn ebenfalls zum fatalen Durchhalten, statt einen noch möglichen Weg zur Abreise vorzubereiten. Als die Situation zu eng wurde, beging er Verrat – nur noch darauf bedacht, sein eigenes Schäfchen ins Trockene zu bringen.

Von Reza-Reza wurde Maxim-Maxim als Usurpator bezeichnet. Er verwickelte ihn in einen Strafprozess, und das Kriegsgericht verhängte über ihn und seine Getreuen das Todesurteil, welches umgehend vollstreckt wurde. So unrühmlich war sein hoffnungsvolles Abenteuer zu Ende gegangen. In den Schoß der Familie, die ihn ausgeschlossen hatte, kehrte er nun als Leichnam zurück.

Als die Kunde von Maxim-Maxims dramatischem Ende endlich seine Familie erreichte, löste es große Trauer und Bestürzung aus, man machte sich bittere Vorwürfe über die unterlassene Hilfeleistung. Vor allem Gina-Gina und Marisa-Marisa, die von Anfang an gegen diese gefährliche Unternehmung gewesen waren, konnten es sich nicht verzeihen, dass sie ihre Bedenken und ihren Einfluss nicht stärker geltend gemacht hatten. Dennoch waren sie sich nicht wirklich einer Schuld bewusst, denn es war sein freier Entschluss gewesen, sich auf die falschen Verlockungen einzulassen.

Der Ausschluss aus der familiären Rückversicherung war in erster Linie auf Leo-Leos Betreiben hin in Kraft getreten – nun nagte das schlechte Gewissen an ihm, auch wenn er es gut zu tarnen wusste. Für Gina-Gina war die Nachricht ein so großer Schock, dass sie sich für den Rest ihres Lebens nicht mehr ganz davon erholen sollte, ihr eigenes Machtstreben und ihr Lebenswille waren gebrochen. Sie überlebte ihren toten Sohn nur um wenige Jahre, während Lore-Lore nie mehr gesundete und noch Jahrzehnte in ihrem geistesgestörten Zustand verbringen musste. Ohne Kenntnis vom Schicksal ihres Mannes fristete sie ein trauriges Dasein im Hause ihres Bruders – sie war wenig geliebt, aber mit materiellem Wohlstand gesegnet und wurde abseits von der Öffentlichkeit gut versorgt.

Während Maxim-Maxim in dieser Zeitspanne – von den schicksalhaften Verkettungen getroffen – seinem unaufhaltsamen Ende entgegenging, erlebten Marisa-Marisa und Leo-Leo einen Höhepunkt ihres Lebens. Für Marisa war es eine der glücklichsten Phasen, die sich exakt zu dem Zeitpunkt einleitete, als Maxim-Maxim begann, gegen die ungerechtfertigten Anschuldigungen anzukämpfen, die schließlich zu seinem Tod führten.

Es war jene Zeit, in der es Giulio-Giulio gelungen war, seine Pläne mithilfe Marisa-Marisas durchzusetzen, die sich voll mit seinen Zielen identifiziert hatte. Weder zuvor noch danach hatte sie sich für die Belange in Leo-Leos Aufgabenbereich so sehr engagiert wie im Einsatz für Giulio-Giulio. Dadurch war dieser zu einer hohen Position aufgestiegen, und auch Leo-Leo und Marisa-Marisa konnten in diesem Zusammenhang ihre Autorität erweitern – es wurde ihnen viel Ehre und Ruhm zuteil, vor allem erfreuten sie sich steigender Beliebtheit bei der Bevölkerung. Politisch blieben die Ansichten geteilt, der neue Rang blieb bei so manchem Gegner umstritten.

Für Marisa-Marisa jedenfalls war es ein enormer Erfolg und eine der wenigen Stationen, für die sie sich politisch durchgreifend eingesetzt hatte. Das Ereignis wurde mit großen Festivitäten gefeiert, und auch privat begünstigte das Glück Marisa-Marisas weiteren Weg – wie bereits erwähnt – indem sie mit Larissa-Larissa schwanger wurde, wenngleich sie ihre Hoffnung auf einen zweiten Sohn gesetzt hatte.

Im Anschluss an die Jubeltage brach die Nachricht von Maxim-Maxims traurigem Ende mit einer eisigen Kälte und Härte über alle herein. Gina-Gina litt unsäglich, während Marisa-Marisa in Trauer und Depression versank – obgleich sie sich in der Vorbereitung auf das zu erwartende Kind allmählich wieder davon frei machen konnte, quälten sie doch noch lange sehr düstere Gedanken.

Als bei der Geburt ein Mädchen statt des ersehnten Jungen zur Welt kam, konnte die Mutter zunächst ihre Enttäuschung nicht verbergen, aber sehr schnell nahm sie Besitz von Larissa-Larissa, die in den kommenden Jahren zum Zentrum ihres Lebens wurde. Das Wohl und Wehe der Nachgeborenen lag ihr mehr als alles andere am Herzen. Sie hatte jetzt völlig freie Hand. Die Fehde mit Gina-Gina war so gut wie beigelegt, die Schwiegermutter war nach des Lieblingssohnes Tod nur mehr ein Schatten ihrer selbst, und die gemeinsame Trauer um ihn hatte die beiden Frauen miteinander ausgesöhnt. Der Machtkampf zwischen ihnen war zu Ende, bald sollte auch Gina-Gina den Schauplatz verlassen, um den sie zeitlebens mit allen Mitteln gekämpft und wofür sie ihre ganze Energie eingesetzt hatte.

Wie sehr sie an ihrem Leben hing, zeigte sich in ihrem mehrtägigen Todeskampf, dem die um sie versammelte Familie beiwohnte – die Loslösung vom Erdendasein fiel ihr nicht leicht. Selbst als das Ende *abzusehen war, sollten bis zuletzt noch viele Stunden vergehen, in denen die Schwiegertochter an ihrer Seite ausharrte.*

So sehr Marisa-Marisa in ihrer eigenwilligen Kür auf der Suche nach Freiheit jenes Leben von Zeit zu Zeit durchtanzte, in den großen Krisen bewies sie immer Stärke. Es waren die kraftvollen Momente, in denen sie aus freiem Willen zur Stelle war. Alles, was sie selbstbestimmt durchsetzte, vollbrachte sie mit Intensität, Disziplin und vollem Einsatz. War sie dagegen von etwas nicht überzeugt, schweifte Ihr Interesse weitab.

Der Hunger nach Freiheit

Marisa-Marisa war nun die alleinige Herrscherin an Leo-Leos Seite – von nun an konnte ihr niemand mehr Hindernisse in den Weg legen, denn sie hatte die volle Befugnis. Es wäre ihre große Chance gewesen, diesen Platz einzunehmen, der ihr von Gina-Gina oft streitig gemacht worden war. Sie war an der Reihe, die Aufgabe zu erfüllen, die ihr das Leben und auch die Gunst des Schicksals gestellt hatten: Ihrem Mann die Lücke zu schließen, die seine Mutter hinterlassen hatte – ihm genau die angepasste Frau und Partnerin zu sein, die er sich erhofft hatte, empfand sie jedoch als Zwang.

Seine hohe Erwartung, stets anwesend zu sein, immer dann, wenn er sie brauchte, sich an seiner Seite zu zeigen, ihr ständiges Verständnis und Interesse seinen Angelegenheiten zu widmen und für seine Belange aufzubringen, erfüllte sie nur nötigenfalls. Sie suchte immer öfter nach Möglichkeiten, sich davon freizumachen. Zu sehr hatten sie sich in all den Jahren innerlich voneinander entfernt, trotz des glücklichen Intermezzos, welches zur Geburt der jüngsten Tochter geführt hatte. Und zu sehr auch hielt Leo-Leo die Familie aus seinen beruflichen Problemen sowie den persönlichen Befindlichkeiten heraus.

So bot es sich geradezu an, dass Marisa-Marisa ihren individuellen Glaubenssätzen und persönlichen Vorlieben folgte und weitgehend ihr eigenes Leben lebte, welches mit den Gewohnheiten und Interessen ihres Gatten immer weniger gemeinsam hatte. Sie waren sich fremd geworden, und das Glück der Anfangszeit war nicht mehr zurückzuholen. So sehr sie es beide bedauerten, gelang es ihnen nicht, auch nur einen Schritt aufeinander zuzugehen.

Also wurde die Distanz zwischen ihnen immer unüberbrückbarer, und Marisa-Marisas Gemüt war von sich steigernder Ruhelosigkeit geplagt. Ihre Ernährung bestand fast nur noch aus diversen Schlankheitsdiäten, bei denen der Schaden meist größer war als der Nutzen. Geradezu zwanghaft wollte sie ihre Jugendlichkeit festhalten

und zeigte sich mit zunehmendem Alter immer seltener in der
Öffentlichkeit.
Allerdings reiste sie viel - von Ort zu Ort - und verweilte nirgends
lange. Einzig die Bewegung des Reisens verschaffte ihr
vorübergehend Befriedigung, nicht das Ankommen war ihr wirklich
wichtig, sondern das Unterwegssein gab ihr ein Gefühl von sinnvoller
Aktivität. War es Flucht oder Erlebnishunger? Trieb sie eine Suche
nach immer neuen Reizen, nach einem besseren Ort oder einem
unbeschwerteren Lebensgefühl? Oder begann sie vor sich selbst zu
fliehen und vor den Menschen, deren Nähe sie so schwer ertrug,
obwohl sie sich gleichzeitig auch danach sehnte? Oder vermied sie
ihren Lebensauftrag, weil sie ihm weder zustimmen wollte noch
konnte - oder schlichtweg nicht mehr daran glaubte?
Unabhängig von einer sich selbst schuldig bleibenden Antwort
gewährte sie sich aufgrund der gesicherten materiellen Basis ihre
Freiräume. Diesbezüglich zog sie keine Grenzen und schöpfte aus
dem Vollen.

Aus heutiger Sicht besteht eine gewisse Skepsis in der
Überlegung, ob jene Marisa ihre eigensinnige und doch
sensible Seite nicht hätte auch berücksichtigen können, ohne
dies auf Kosten ihrer Familie und ihrer öffentlichen Rolle zu
erwirken. Ihr gegenwärtiges Verständnis für die Entfaltung
ihrer Persönlichkeit sieht vielmehr die Notwendigkeit, die
eigenen Kräfte individuell zu entwickeln, um sie für ein
größeres Ganzes produktiv einzusetzen. Ihrem damaligen
Bewusstsein schienen jedoch solche Gedanken nicht wirklich
zugänglich zu sein. Ihre ehemalige Position hatte ihr die
Möglichkeit gegeben, ihr Leben ganz nach den eigenen
Bedürfnissen auszurichten. Viel Energie hatte sie bereits in
die persönlichen Belange gesteckt, sobald sie sie jedoch für
ein übergeordnetes Ziel einzusetzen versuchte, resultierte
daraus jeweils ein großer Erfolg, den sie wiederum nicht

direkt mit dem altruistischen Motiv in Beziehung zu setzen vermochte.

Trotz ihrer privilegierten Stellung war jene Marisa zunehmend depressiv und pessimistisch geworden, weil sie ihrem Dasein keinen Lebenssinn geben konnte. Weil sie nicht erkennen konnte, dass es gegolten hätte, den Platz auszufüllen, der ihr vom Schicksal zugewiesen war und für den sie – mit ihren charismatischen Fähigkeiten – prädestiniert war. Die Sinnsuche hatte sie zeitlebens zwar nie aufgegeben, aber deren Essenz selbst nicht wahrnehmen können. Sie suchte stets in der Zukunft das Glück und verpasste währenddessen die Gegenwart.

Politisch dachte sie demokratisch und liberal, als Frau war sie emanzipiert – und damit ihrer Zeit weit voraus. Das passte aber weder zur gesellschaftlichen Norm noch zu ihrem Status und ihrer Umgebung. Genau diese Erfahrungen jedoch, die sie damals machte, waren notwendige Lektionen für die weitere Entwicklung auf der Suche nach der eigenen Identität und der individuellen Selbstfindung.

Es stellte sich unweigerlich die Frage, ob sie in ihrem liberalen Denken und als der Freigeist, der sie damals war, in der hohen verantwortlichen Position fehl am Platz gewesen war? Schien es ihr doch so, als hätte sie gar nicht in jene Zeit und Strukturen hineingepasst. Aber konnte ihr das Schicksal jene Aufgabe zuweisen, wenn nicht das Potenzial dafür vorhanden war?
In ihren Überlegungen kam sie zu der Überzeugung, dass jene frühere Inkarnation eine große Lebenschance darstellte, zu der sie auf ihrem Entwicklungsweg geführt und für die sie vorbereitet worden war, die sie jedoch nur teilweise wahrgenommen und erkannt hatte. Es handelte sich um den

großen thematischen Prüfungsweg des Umgangs mit der Macht, der die mit Verfügungsgewalt und Befugnissen ausgestatteten Personen stets vor die Wahl stellt, das ihnen gegebene Instrument entweder zum Wohle der Allgemeinheit oder zum eigenen Vorteil zu benutzen.

Marisa schlussfolgerte daraus, dass mit jedem öffentlichen, aus der Masse herausragenden Amt eine große Verantwortung einhergeht, dass persönliche Anliegen und Fähigkeiten bestmöglich in den Dienst einer öffentlichen Aufgabe zu stellen sind, sobald man im Leben mit solcher Möglichkeit konfrontiert und mit den geeigneten Begabungen dafür ausstattet wird. Nur wer eine Macht hat, kann sich effektiv für humanitäre Aufgaben engagieren. Macht im Kleinen wie im Großen sei zunächst eine neutrale Kraft – es komme einzig darauf an, wozu sie verwendet würde ...

Die Übung von Disziplin war zweifellos immer ein Thema in jenem Leben gewesen und durchzog den Alltag wie ein roter Faden. Und gerade auch deshalb benötigte sie als Gegengewicht dazu die Freiräume ihrer persönlichen Rhythmik. In ihren persönlichen Belangen war sie zwar perfektionistisch, aber sehr oft ging ihr bei zu viel Anspruch und Konzentration in Bezug auf Details der Blick für das Wesentliche und die Gesamtheit verloren.

Auch wenn sie die an sie gestellten Aufgaben nicht den Erwartungen gemäß erfüllt hatte, war sie zweifellos in gewisser Weise eine Pionierin in Sachen persönlicher Freiheit und somit ein Fremdkörper in ihrer Umgebung. Sie blieb unverstanden, eine Exotin, die sich nicht einordnen ließ in die Klischeevorstellungen, die um sie herum vorherrschten. Damit war sie jedoch unbewusst eine Wegbereiterin für den Wandel des Frauenbildes und für ihre Stellung als individuelle Persönlichkeit. So wurde sie zu einer Vorkämpferin für die Auflösung der verkrusteten Strukturen ihres Umfeldes – und das war letztlich zu einem ihrer nachhaltigsten Lebensmotive geworden.

Als man ihr zu viele Steine in den Weg gelegt hatte, ihre Fähigkeiten nicht anerkennen oder sehen wollte, wählte sie den Alleingang und musste sich aus der Enge der mangelnden Toleranz befreien. Dass sie dabei auch oft übertrieb und das Gleichgewicht verlor, erfüllte sicher nicht den Perfektionsanspruch, den sie selbst an sich gestellt hatte. Aber über den Schatten der eigenen Verletzlichkeit konnte sie nicht springen. Diesbezüglich hielt auch sie an ihren strikten Überzeugungen und Prinzipien fest, doch leider verpasste sie damit so manche wunderbare Chance, die ihr das Leben geboten hatte.

Wieder neue Reisen

Wie ging es damals mit Marisa-Marisas immer wieder neu entflammtem Reisefieber weiter? Viel persönliches Gepäck begleitete sie, aber nur ein paar auserwählte Vertraute machte sie zu Gefährten ihrer ruhelosen Abenteuer. Ihre Getreuen hatte sie nie nach hierarchischem Status ausgewählt, sondern für sie zählte nur die menschliche Beziehung, das gegenseitige Verständnis und der freundschaftliche Aspekt.
Bevorzugte Reiseziele waren die südlichen Länder. Aber auch Einladungen befreundeter Familien zu Gastaufenthalten in der Vielgestaltigkeit europäischer Landschaften nahm sie öfter an.

Für Leo-Leo hatte sich plötzlich eine Lösung gefunden, die es Marisa-Marisa leichter machte, ihren persönlichen Vorlieben nachzugehen und ihrer Reiseleidenschaft zu frönen. Eines Tages war Leo-Leo der jungen Frau eines Freundes begegnet – Lina-Lina, die getrennt von ihrem Gatten lebte und in die er sich bald verliebte. Marisa-Marisa kam dem Skandal zuvor, indem sie die junge Frau offiziell als ihre Freundin einführte und damit dieser für eine Beziehung zu Leo-Leo Tür und Tor öffnete.
Erkaufte sie sich damit mehr Freiheit oder wollte sie sich vor neuen Verletzungen schützen, indem sie sich fördernd für die beiden einsetzte und somit dem Heiklen der Angelegenheit den Wind aus den Segeln nahm? Sicher war beides der Fall.

Jedenfalls wurde Lina-Lina die Freundin und engste Vertraute Leo-Leos bis zum Ende seines Lebens. Mit der Zuneigung zu Lina-Lina hatte sich Leo-Leo sofort von Hanne-Hanne getrennt, die seine langjährige heimliche Bettgenossin während Marisas Abwesenheiten gewesen war.
Mit der neuen Freundin verband ihn fortan eine tiefe Freundschaft, die zwar nicht frei von Problemen war, aber eine dauerhafte

Verbindung gegenseitigen Respekts, Verstehens sowie ähnlicher Interessen darstellte – auch wenn die junge Geliebte in Leo-Leo nicht ihren einzigen Gönner hatte. Von ihrer Seite war die Verbindung durchaus nicht ganz selbstlos, denn sie hatte in ihrem hochgestellten Liebhaber einen stets bereitwilligen Geldgeber für ihre finanziellen Nöte gefunden.

Je mehr sich Marisa-Marisa der geforderten familiären und öffentlichen Anwesenheit gegenüber verschloss, desto intensiver identifizierte sie sich mit ihrem Innenleben – und ihre inneren Wahrnehmungen ersetzten ihr zunehmend die äußere Kommunikation. Dieser Blick in die tieferen Schichten ihrer Seele war es schließlich auch, der ihr über die düsteren Schicksalsstunden hinweghalf, die das Leben ihr noch servieren sollte.
Sie hatte eine Art inneres Zuhause gefunden – einen inwendigen Ruhepunkt – mit dem sie Zwiesprache hielt, so wie es eben in jener Zeit für sie Form annahm und Sinn machte. Ihr Verstandesfilter nahm das zwar nicht als spirituelle Dimension wahr, aber aus diesem inneren Energiereservoir schöpfte sie Kraft. Das war ihre Stütze, mit deren Hilfe sie sich letztlich aus jeder Depression und jedem Tiefpunkt wieder aufraffte, um weitergehen zu können und sich nicht darin zu verlieren.
Über diese Methodik schwieg sie sich jedoch weitgehend aus. Somit machte ihr Verhalten sie ihrer Umgebung suspekt, weckte bei den meisten Unverständnis und Intoleranz. Den nächsten Schritt zu tun, die inwendig gefundene Balance auch in das äußere Leben und das tägliche Umfeld zu integrieren, gelang ihr weit weniger. Solcher Erkenntnis gab sie zu wenig Raum, was auch im damaligen Zeitgeist nicht die entsprechende Verankerung gefunden hätte. Dass sie sich zeitweise auf das oberflächliche Niveau spiritistischer Phänomene begab und sich dabei zweifelhaften Individuen öffnete, machte die Sache nicht klarer. Es trug sogar vermehrt dazu bei, dass auch Leo-Leo ihre Vorlieben nicht ernst nahm – sie vielmehr als launische Capricen belächelte. Trotzdem versuchte er, ihre Extravaganzen zu

tolerieren. *Selbst die eigenen Kinder wurden zu heftigen Kritikern ihrer Mutter – ganz zu schweigen vom Rest des weitläufigen Clans.*

Auch von ihren Geschwistern begegneten Marisa-Marisa einige in zunehmendem Maße nicht nur mit Unverständnis, sondern auch mit offener oder verdeckter Gegnerschaft. Es waren vor allem die jüngeren Schwestern, die ihr teilweise ihre Position neideten, sich aber andererseits die Privilegien zunutze machten, die sie durch den Status der ranghohen Schwester auch für sich beanspruchen konnten. Zur älteren Schwester Tessa-Tessa und zum jüngeren Bruder Giorgio-Giorgio hingegen hielt Marisa-Marisa stets eine Empfindung wohlmeinender persönlicher Verbundenheit aufrecht, was ihr auch eine Art Heimatgefühl vermittelte.

Eine ganze Reihe der sie unmittelbar umgebenden Personen intrigierte gegen sie und übte üble Nachrede – unter vorgehaltener Hand, denn ins Gesicht wussten sie ihr nur direkt zu schmeicheln. Marisa-Marisa legte jedoch nicht so viel Aufmerksamkeit auf das, was hinter ihrem Rücken geschah, oder sie war sich auch nicht aller Machenschaften bewusst, intuitiv vertraute sie letztlich nur wenigen. War sie einerseits die Zielscheibe von Neidern und Kritikern, konnte sie im Gegenzug auch auf gutgesinnte Freunde und Getreue bauen. Neben der Freundschaft mit Giulio-Giulio waren es vor allem die Literaten und Mentoren sowie hochgestellte Offiziere, die ihr in Verehrung ergeben oder zum Teil wohl auch zeitweise in sie verliebt waren. Diese Bewunderung genoss sie, denn das baute ihr Selbstwertgefühl auf, welches von jeher durch ihre Umgebung sehr strapaziert worden war.
Viele Jahre hindurch war ihr der Umgang mit Pferden Erfüllung und wichtigste Aktivität, dem sie ihre ganze Aufmerksamkeit schenkte. Sie ließ sich von berufenen Koryphäen auf diesem Gebiet unterweisen, die zu ihren treuesten Weggefährten zählten. Nicht nur bei Leo-Leo kam diesbezüglich Eifersucht auf, sondern auch bei ihrem Sohn. Er kritisierte das Verhalten der Mutter in diesem Punkt

auf das Heftigste und verstand es immer wieder, einen Keil in diese Verbindungen zu treiben.

Besondere Zuneigung schenkte sie vor allem ihren von ihr ausgewählten persönlichen Gesellschafterinnen und Bediensteten, und sie pflegte zum Teil mit ihnen ein nahezu inniges Verhältnis. Eine von ihnen war Julia-Julia - stellvertretend für einige weitere enge Vertraute und Begleiterinnen auf allen Wegen- die ihr viele Jahre hindurch eine selbstlose echte Vertraute war. Sie war eine kluge Frau und erfreute sich als geschätzte Ratgeberin großer Gunst ihrer Herrin, lieh sie ihr doch stets ein geneigtes und verständnisvolles Ohr. Aber auch mit anderen, wechselnden Begleiterinnen, die sie sich explizit erkoren hatte, und mit so manchem Begleiter konnte sie persönliche Belange und Kümmernisse besprechen – waren sie es doch, die ihren Alltag aus der Nähe miterlebten. Diese fühlten sich ihr verpflichtet und waren um ihr Wohl besorgt.. Wer sich allerdings Marisa-Marisas Wohlwollen verscherzt hatte oder von Anfang an nicht ihrem Geschmack und Ideenradius entsprach, hatte bei ihr kaum eine Chance.

Einen Gleichgesinnten fand sie in dem einige Jahre jüngeren Rogér-Rogér, einem entfernten Verwandten, mit dem sie eine lose Kameradschaft gegenseitigen Verstehens aufrechterhielt. Zwischen ihnen bedurfte es nicht vieler Worte, respektvolles Verständnis und tolerante Akzeptanz waren hier die Basis ihrer Beziehung. Sie sahen sich nicht oft – und meist nur dann, wenn Marisa-Marisa in ihrer alten Heimat weilte. Aber jedes Zusammentreffen war von einem fruchtbaren Gedankenaustausch und gemeinsamen Interessen geprägt, von starker Affinität, gegenseitiger Übereinstimmung und mitempfindender Achtung.

In solch großem Familienclan blieb es natürlich nicht aus, dass Marisa-Marisa auch immer wieder mit Tod und Abschied konfrontiert wurde. *Mit zunehmendem Alter forderte das Schicksal manch tragischen Verlust in der Familie und lieb gewordene Freunde betreffend, was in Folge ihre Einstellung zum eigenen Leben und Tod immer tiefer beeinflusste.*

Abschiede

Eine Reihe menschlicher Verluste hinterließen seelische Narben. Einige davon so tief greifend, dass sie bis ans Ende ihrer Tage schmerzten und in ihr selbst – je älter sie wurde – zeitweise eine fast magische Todessehnsucht hervorriefen.

Vor allem Maxim-Maxims tragisches Ende war für die ganze Familie, besonders aber für Marisa-Marisa ein schwerer Schicksalsschlag gewesen. Ebenso hinterließ der frühe Tod ihrer erstgeborenen Tochter Laurie-Laurie eine lebenslang schmerzende Vernarbung. Marisa-Marisa war damals noch sehr jung an Jahren gewesen, als die zweijährige Tochter von ihrer Krankheit nicht mehr genas - hatte sie doch die Kleine gegen den Willen ihrer Schwiegermutter mit auf eine längere Reise genommen. Dieses traumatische Erlebnis war für die junge Mutter ein großer Schock, den sie dank ihrer Jugend und der Geburten der nachfolgenden Kinder zwar überwand, der in ihrem Inneren jedoch eine erhöhte Verletzlichkeit zurückließ.

Die spätere übergroße Zuneigung zur jüngsten Tochter Larissa-Larissa stellte ohne Zweifel eine Art Kompensation für den Verlust des verstorbenen ersten Kindes dar – Marisa-Marisa sollte Laurie-Laurie Jahre danach in der Tochter ihres ältesten Bruders Willy-Willy wiederfinden. Diese war ihr von allen als Lieblingsnichte rasch ans Herz gewachsen.

Ob sie sich dessen bewusst war, dass sich ihr früh verstorbenes Kind in der Nichte schnell wiederverkörpert hatte?

Später als Erwachsene dankte ihr die Nichte keineswegs ihre wohlwollende Zuneigung – im Gegenteil, sie nutzte sie lediglich aus und schlug Kapital aus Sensationsberichten und Verleumdungen nach dem Tod der hochgestellten Tante.

Zuvor hatte Laurie-Laurie auch im Leben von Gianni-Gianni eine zwiespältige Rolle gespielt. Sie war ihrem Cousin sehr zugetan, hätte ihn womöglich gerne geheiratet, was aber für sie aus familiären

Gründen nicht zur Debatte stand. Nicht die nahe Verwandtschaft war dabei das Hindernis, sondern ihre Herkunft mütterlicherseits, welche als unstandesgemäß nicht akzeptiert werden konnte. Marisa-Marisas Bruder Willy-Willy hatte das bürgerliche Mädchen Wally-Wally geehelicht. Dafür, dass es sich um eine Liebesheirat gehandelt hatte, aus der Laurie-Laurie hervorgegangen war, musste er auf seinen Stand als Erstgeborener und alle damit verbundenen Privilegien verzichten.

In der Folge rückte der jüngere Bruder Giorgio-Giorgio nach, der nach dem Tod des Vaters Axel das Familienoberhaupt wurde. Dass es dabei von Anfang an zu familieninternen Rivalitäten und Zerwürfnissen kam, lag auf der Hand. Obwohl Marisa-Marisa dem Verhalten ihres Bruders Verständnis entgegenbrachte und ihm und seiner Frau wohlgesonnen war, blieb sie aus dem Kreis der Geschwister letztlich hauptsächlich Schwester Tessa-Tessa und Bruder Giorgio-Giorgio in innerlicher Nähe verbunden. Selbst dessen kritische Haltung ihren Gewohnheiten gegenüber konnte damals das Band geschwisterlicher Zuneigung nicht auf Dauer zertrennen.

Für des Ältesten emotionale Probleme, für seine Liebe zu Wally-Wally und die Eheschließung mit allen Konsequenzen zeigten weder Giorgio-Giorgio noch Mutter Luisa-Luisa ein verständnisvolles Einlenken. Und Tochter Laurie-Laurie führte als heranwachsende junge Dame ein Leben, welches den Vorstellungen der Großfamilie nicht sonderlich entsprach – auffällige Launen und skandalträchtige Umgangsformen ließen die Gerüchteküche brodeln, was ihr nicht nur innerhalb der Familie mächtig angekreidet wurde.

Dennoch zeigte Marisa-Marisa gute Gesinnung und entschuldigte die Freiheiten und exaltierten Ausrutscher der Nichte bis zu dem Tag, als drohende schwarze Gewitterwolken über Gianni-Gianni hereinbrachen. Dieser war ein hochsensibles und schwieriges Kind gewesen und hatte sehr unter der harten Erziehung gelitten, welcher er auch vonseiten seiner Großmutter unterstellt worden war. Erst nach Jahren gelang es seiner Mutter, sich gegen die autoritäre Großmama durchzusetzen und den Sohn in verständnisvollere erzieherische Hände zu geben. *Trotzdem konnten Mutter und Sohn keine wirkliche Nähe zueinander aufbauen, und die Wunden, die der Kinderseele geschlagen worden waren, verheilten nur schwer und hinterließen hässliche Vernarbungen.*

Gianni-Gianni hatte sich zu einem hochintelligenten Freigeist entwickelt, der sich der väterlichen Autorität nicht unterwerfen wollte. Er hatte kaum Gemeinsamkeiten mit Leo-Leo und es gab auch sonst wenig Kommunikation und gegenseitiges Verständnis zwischen Vater und Sohn. Beider Leidenschaften, Interessen und Ideen waren ebenso unterschiedlich wie die Ausrichtung ihrer Zielsetzungen. Gianni-Gianni unterzog die alten, von Leo-Leo hochgehaltenen Systeme und Wertvorstellungen einer schonungslosen Kritik. Er hatte jedoch nicht die Kraft, konstruktive Veränderungen einzuleiten.
Leo-Leo seinerseits hielt den Sohn für unfähig und ließ ihn oft genug spüren, dass er in ihm einen Tagträumer und keinen würdigen Nachfolger sah. Diese mangelnde Anerkenntnis, das Gefühl der Übermacht des Vaters, gegen die er nicht ankam und die von Anfang an jede eigene Aktivität zu ersticken drohte, entwickelten sich für ihn immer mehr zu einem Würgegriff, dem er nicht entkommen konnte. Vor allem aber hatte er sich einem Freundeskreis angeschlossen, dessen falsche Einflüsse und Einflüsterungen er nicht erkannte.
Zudem gab es kein Gegengewicht in einer natürlichen liebevollen Verbundenheit mit der Mutter. Marisa-Marisa liebte ihren Sohn, verstand auch auf ihre Weise seinen Zwiespalt, war selbst aber trotzdem nicht in der Lage, sich ihm wirklich anzunähern, Wärme und effektive Hilfestellung zu leisten. Gianni-Gianni fand vermeintlich Gleichgesinnte deshalb hauptsächlich in Künstlern, Literaten und politisch Liberalen – seine Interessen galten darüber hinaus den Wissenschaften und Religionsphilosophien. Daneben führte er ein lockeres Leben, in dem er in zahlreichen Abenteuern

mit Frauen jeglicher Provenienz seine depressiven Phasen zu kompensieren versuchte.

Als Erbsohn war Gianni-Gianni verpflichtet zu heiraten und für Nachkommenschaft zu sorgen. Um das in die Wege zu leiten, wurde eine geeignet scheinende Braut für ihn ausgewählt. Er heiratete Rike-Rike, nur um seiner Pflicht Genüge zu tun.

Rike war die Nichte von Lore-Lore, Maxim-Maxims Frau, und ähnlich ehrgeizig, wie es ihre Tante gewesen war. Sie sah in Gianni-Gianni vor allem die Position, die ihr durch eine Heirat mit ihm winkte. Zugegebenermaßen sehnte sie sich auch nach seiner Zuneigung und Liebe, die er ihr aber kaum zu geben imstande war.

Sie hatte eine unglückliche Jugend hinter sich. Als Mädchen - anstelle eines erhofften Sohnes - war sie den Eltern wenig willkommen gewesen. Der Vater war kalt, ehrgeizig, herrschsüchtig und an der Tochter nicht interessiert. In Hetty-Hetty hatte sie eine schöne und temperamentvolle Mutter, die auch künstlerisch vielseitig begabt war. Einst eine entfernte Verwandte von Leo-Leo hatte diese selbst kurzzeitig als Heiratskandidatin für ihn gegolten, war aber bei Gina-Gina wenig willkommen gewesen.

Also hatte man Hetty-Hetty kurzerhand mit Lore-Lores Bruder verheiratet, was ihr einen repräsentativen fürtlichen Platz gewährleistete (wie das eingangs bereits bezüglich Hetty, die gegenwärtige Mentorin und Freundin Marisas Erwähnung fand).

Die Kinder wuchsen damals ebenso lieblos auf, wie die Eltern miteinander umgingen, und so war es nicht verwunderlich, dass sich Rike-Rike viel von der Verbindung mit Gianni-Gianni versprochen hatte. Aber die beiden waren gänzlich unterschiedlicher Natur, beider Ideen und Ziele drifteten weit auseinander. Sie passte besser zu den konservativen Kreisen ihrer neuen Umgebung. Außerdem glaubte sie, Gianni-Gianni an sich binden zu können. Darin sollte sie sich jedoch geirrt haben. Am Anfang arrangierten sich die Eheleute, so gut es ging - die Ehe schien sich positiv zu entwickeln und die

Tochter Isabel wurde geboren. Aber sie blieb das einzige Kind aus dieser Verbindung. Gianni-Gianni liebte diese Tochter, konnte ihr aber wenig Zeit und Interesse widmen. Der Druck des fehlenden Erbsohnes lastete schwer auf ihm – denn das hatte man von ihm und Rike erwartet.

Bald schon nach der Geburt des Töchterchens nahm Gianni-Gianni sein gewohntes Leben wieder auf, verbrachte seine Tage mit seinen Frenden, falschen wie intellektuell Gleichgesinnten, und die Nächte in zwielichtigem Ambiente. Je mehr ihn seine Frau bedrängte und ihm Szenen machte, je weniger war er ihr geneigt und entfernte sich innerlich immer weiter von ihr. Sie fühlte sich bloßgestellt vor ihrer Umgebung und brüskiert von seinem Verhalten. Was die Leute von ihr dachten und sagten, war ihr überaus wichtig. Beliebtheit und Machtgewinn entsprachen ihrem tiefsten Verlangen. Immer wieder suchte sie Unterstützung bei Leo-Leo, den sie gezielt auf ihre ehelichen Schwierigkeiten aufmerksam machte. Dieser schenkte ihr Gehör, war weitgehend ihrer Meinung, leistete ihr aber nicht wirklich Beistand, denn seines Sohnes Belange waren für ihn von geringer Bedeutung.

Bei Marisa-Marisa hingegen fand sie nicht einmal Gehör, für die in ihren Augen spießige Schwiegertochter hegte sie keine Gefühlswärme. Hatte sie so wenig aus der eigenen Erfahrung mit Gina-Gina gelernt, dass die Nöte der jungen unglücklichen Frau sie unbeteiligt ließen? Offenbar lag ihr nichts daran, mit Rike ein harmonisches Verhältnis aufzubauen, und vieles tat sie schnell als deren Einbildung und übertriebenes Anklammern ab. Das ständige Jammern war so gar nicht nach ihrem Sinn.

Marisa-Marisas Aufmerksamkeit gehörte einzig Larissa-Larissa, auch wenn sich diese nicht viel daraus machte, sie empfand die übertriebene Fürsorge und Liebe der Mutter meist sogar als lästig und verbrachte als Kind ihre Zeit viel lieber in des Vaters Arbeitszimmer – in seiner Nähe fühlte sie sich wohl. Sie verließ dann früh die elterliche Umgebung, heiratete in sehr jungen Jahren den

Mann, den sie liebte, und gab sich zufrieden damit, als zurückgezogene Mutter eine große Kinderschar zu versorgen.

Gianni-Giannis diverse Liaisons hingegen schlugen so manche Wellen, aber meistens verstand er es, sein Liebesleben und all seine übrigen Aktivitäten geheim zu halten, sodass die Eltern von seinen privaten wie gesellschaftlichen Problemen wenig Kenntnis nahmen. Leo-Leo hätte seinem Sohn mit einer ganzen Reihe von Menschen den Umgang untersagt, hätte er gewusst, dass sie zu seinen Freunden zählten und aus welchen Kreisen sie stammten. Manchmal hatte er versucht, diesbezüglich eine strenge Abgrenzung anzuordnen, aber meist ohne Erfolg.

An Gianni-Giannis Affären mit Damen ohne Stand und Namen stieß sich kaum jemand, wurde aber eine Liebelei mit einer jungen Adeligen publik, wies man ihn an, die Angelegenheit diskret zu behandeln und den öffentlichen Blicken zu entziehen. So war es nicht verwunderlich, dass niemand – außer einigen wenigen engen Vertrauten – bemerkte, wie es um ihn wirklich stand. Rike war die Einzige, die sich um ihn sorgte, und der es nicht verborgen blieb, dass er von einer krankhaft nervösen Unruhe geplagt wurde, während er mit unerträglichen Schmerzen in seinem von diversen Ansteckungen geschwächten Körper zu kämpfen hatte – seine nächtlichen Eskapaden hatten seine Gesundheit nicht verschont.

Sein Verhältnis zu Leo-Leo spitzte sich weiter zu, bald schon war überhaupt keine Bezogenheit mehr zwischen ihnen erkennbar. Gianni-Gianni fühlte sich von vielen verschiedenen Seiten so unter Druck gesetzt, dass er in eine Abhängigkeit von Drogen und Schmerzmitteln geriet, wodurch es ihm zunehmend abhanden kam, sich vital, aktiv und integer zu bewegen und zu handeln. Er hatte sich in eine scheinbar aussichtslose Lage gebracht.Die dubiosen Verbindungen und Intentionen, mit denen Gianni-Gianni und seine Freunde in ihrer Gegnerschaft zu Leo-Leo zusammenwirkten, blieben überwiegend im undurchsichtigen Dunkel vor der Öffentlichkeit verborgen. Gianni-Gianni fühlte sich als Versager, weil er keine

Möglichkeit sah, seine Ideen zu verwirklichen. Andererseits hatte er nicht mehr die Kraft und den Willen, sich der Verantwortung zu stellen, der er offiziell verpflichtet war und die von ihm erwartet wurde.

Er sah schließlich keinen Ausweg mehr – so glaubte er – immer mehr verdichtete sich in ihm die Gewissheit, der Freitod bliebe ihm als die einzige Lösung, um sein Dilemma zu beenden. Noch fehlte ihm der Mut dazu, und trotz seiner weitverzweigten Kontakte fand er in niemandem eine echte Unterstützung, sodass er in der Tiefe seines Herzens alles allein zu bewältigen suchte. Bis zu diesem Zeitpunkt hatte er überwiegend ein Leben aus zweiter Hand gelebt und in den meisten Belangen fremdbestimmt funktioniert. Jetzt, wo ihn die Lebensumstände so sehr belasteten, dass der Wille zu leben verschwand, fand er nirgends ein Echo oder einen Verbündeten für sein Vorhaben.

Der Zufall wollte es, dass sich Laurie-Laurie – wie schon so oft – einen Bonus bei ihm einhandeln wollte als Gegenleistung dafür, dass er auf ihre Bitten hin immer wieder bereit war, ihre immensen Schulden zu begleichen. Sie führte ihm das junge Mädchen Mya-Mya zu, welches ihn anbetete und ihm ergeben war. Trotz ihrer Jugend war diese keine Unerfahrene in der Beziehung zu Männern, und sie hatte sich vorgenommen, Gianni-Gianni zu erobern. Wie schlecht es um seine Ehe stand, war für sie kein Geheimnis, so schien ihr Wunschdenken durchaus aussichtsreich zu sein. Laurie-Laurie kam das Techtelmechtel in vielem sehr gelegen, weshalb sie dieser Verbindung Vorschub leistete. Mya-Mya begehrte Gianni-Gianni nicht nur, sondern er war vor allem auch ihr Held, für den sie alles aufzugeben bereit war. Sie verwechselte sein Interesse an ihr mit Liebe, sodass sie - gefangen in dieser Illusion - schließlich zustimmte, ihn mit seinen Nöten nicht alleine zu lassen, mit ihm zu gehen, wenn er sich gezwungen sah, dieses Leben aus freien Stücken zu verlassen. Möglicherweise ließ ihre bedingungslose Bereitschaft, ihm in allen

Belangen Folge zu leisten, auch in Gianni-Gianni die Liebe zu ihr wachsen.

Bevor jedoch diese drohende Tragödie über Marisa-Marisas Leben hereinbrach, die in ihr – und auch in Leo-Leo – eine unheilbare Verwundung hinterlassen sollte, nahm ihr der Tod zwei andere Menschen, die ihr sehr viel bedeuteten. Zuerst schied Rogér-Rogér ganz unerwartet aus dem Leben, ihm war von seinen Verwandten und Gegnern übel mitgespielt worden. Gewiss, er war stets ein Sonderling und Eigenbrötler gewesen, der sich besonders beruflichen Verpflichtungen mehr und mehr zu entziehen wusste - nicht zuletzt deshalb, weil niemand seine Ideen und seine Liebe zur Kunst geteilt oder wirklich verstanden hatte. Seine Vorstellungen, Träume und Ideale entfernten ihn immer mehr von der Alltagsrealität, die von ihm erwartet worden war. Nach Ansicht seines Familienclans galt er als verantwortungslos. Das erzeugte Gegner und härtesten Widerstand, schließlich spielte man ihm übel mit und man traf Vorkehrungen, ihn zu entmündigen. Marisa-Marisa billigte diese Entscheidung der Verantwortlichen keineswegs, war weder davon überzeugt noch konnte sie innerlich zustimmen, hatte aber keinerlei Einfluss darauf. Als sie davon erfuhr, verurteilte sie diese Vorgehensweise mit schärfster Kritik, doch umsonst - ein mysteriöser Unglücksfall setzte Rogér-Rogérs Leben plötzlich ein unerwartetes Ende.

Der Tod ihres Vaters brachte einen herben Einschnitt in ihr Leben, obwohl sie öffentlich wenig Anteilnahme zeigte, da sich das einstige gute Verhältnis der Jugendjahre später in gegenseitig kritisches Verhalten gewandelt hatte. Aber innerlich ging ihr dieser Verlust nahe. Zeitgleich mit diesem Abschied beendete sie ihre Tagebuchaufzeichnungen, ebenso fanden alle literarischen und schöngeistigen Neigungen, die ihr Leben in den vorausgegangenen Jahren ausgefüllt hatten, ein abruptes Ende. Das fiel zeitnah mit ihrem tragischsten Verlust zusammen. Bald nach dem Ableben des Vaters ereignete sich der dramatische Tod von Erbsohn Gianni-Gianni und Mya-Mya, des jungen Mädchens, das sich auf fatale

Weise an ihn gebunden fühlte. In illusionärer Bewunderung hatte sie seine Einsamkeit geteilt, die Tragödie war perfekt. Für Marisa-Marisa und Leo-Leo brach eine Welt zusammen – ebenso für Rike-Rike und Laurie-Laurie. Letztere fühlte sich mitschuldig am Geschehen, da sie es war, die Gianni-Gianni mit der jungen Schwärmerin in Kontakt gebracht hatte.

Rike-Rike war mit einem Mal all ihrer Hoffnungen auf eine glanzvolle Zukunft in Amt und Würden beraubt – für Leo-Leo war es unfassbar, dass so etwas hatte geschehen können, auch wenn es Stimmen gab, die ihn für diese Entwicklung mitverantwortlich machten. Sein Land blieb nun ohne unmittelbaren Erben, und es war zu spät für die Einsicht, als Vater die menschliche Seite vernachlässigt zu haben. Obwohl er sich bittere Vorwürfe machte, sollte er den Mangel an Toleranz und Verständnis Zeit seines Lebens nicht mehr wettmachen können. Für Marisa-Marisa schließlich war es der größte Schicksalsschlag ihres damaligen Lebens, von dem sie sich emotional nicht mehr erholte – wie einst Gina-Gina nach dem Verlust ihres Sohnes Maxim-Maxim.

Die Trauer und eigene Todessehnsüchte blieben fortan ihre ständigen Begleiter. Für einige ihrer engen Freunde sowie auch für Schwester Tessa-Tessa, ihre Mutter Luisa-Luisa, Alberto-Alberto und Giulio-Giulio war bald darauf die Lebensuhr abgelaufen. Marisa-Marisas Leben wurde noch ruheloser, als es ohnehin schon war. Zu Leo-Leo fand sie innerlich nicht mehr zurück und verbrachte die meiste Zeit auf erfolgloser Sinnsuche - getrieben von einem Ort zum anderen, ohne irgendwo länger zu verweilen.

Die Flucht vor sich selbst, vor der eigenen Vergangenheit und den Menschen, die sich so gerne ihrer Gegenwart erfreut hätten, prägte fortan ihr Dasein – bis zu dem Tag, an dem ein unglücklicher Umstand ihrem friedlosen Herumirren ein Ende bereitete und ihr Leben auslöschte. Fern der Heimat traf sie am helllichten Tag eine Mordwaffe, deren Zufallsopfer sie geworden war. Profan und traurig war ihr Leben des äußeren Glanzes und der inneren Schwere zu Ende gegangen. Schnell und schmerzlos hatte Marisa-Marisa diese Erde verlassen. Sie hatte noch kein hohes Alter erreicht, aber für ihr Empfinden musste der Tod etwas Willkommenes gewesen sein – ja, sie hatte ihn fast magisch angezogen, denn ihre Gedanken kreisten seit dem Tag, an dem ihr Sohn aus dem Leben geschieden war, kaum um etwas anderes als um ihre tiefe Sehnsucht nach Tod und Erlösung.

Ein Leben, welches so viel an konstruktiven Möglichkeiten geboten hatte und reich an Erfahrungen gewesen war, war unwiederbringlich zu Ende gegangen. Leo-Leo traf die Todesnachricht in seinem innersten Mark, seine Trauer und sein Schmerz waren unermesslich, obgleich er Marisa-Marisa innerlich schon lange vorher verloren hatte. Er überlebte seine Frau um viele Jahre, in denen Lina-Lina nach wie vor seine engste Vertraute und Freundin blieb.

Freundschaften

Mehrere weitere Begegnungen - meist aus dem Umfeld der ehemaligen Großfamilie – erwiesen sich als kurzzeitige Freundschaften, die sich wieder auflösten, oder eher flüchtig aufscheinende Erinnerungen zum Erkenntnisgewinn, die aber keine engeren Kontakte mehr benötigten.

Larissa

Larissa zog es in die Welt hinaus, sie war in ihrem Beruf zur Weltreisenden geworden. Dass sie einstens als *Marisa-Marisas* Tochter einem völlig anderen Lebensplan gefolgt war als zurückgezogene, bescheidene Hausfrau und Mutter, hätte man ihr heute keinesfalls zugetraut. Die Divergenz zweier so unterschiedlicher Lebenslösungen stimmte Marisa nachdenklich, zeigte es ihr doch, wie sehr das Pendel nicht nur innerhalb einer bestimmten Zeitspanne sondern auch in Form total unterschiedlicher Lebensläufe in extreme Gegenpositionen ausschlagen konnte, um der individuellen Entwicklung divergierende Erfahrungen zu ermöglichen. Genau genommen war es sogar ein Musterbeispiel für die Balance und Gegensätzlichkeit im Auf und Ab des Lebens, eben auch in der Aufeinanderfolge gegensätzlicher Inkarnationen in ihren jeweiligen anders gearteten Inhalten.

Die Begegnung mit Larissa stellte für Marisa eine interessante Episode in ihrem gegenwärtigen Leben dar. Larissa war ihr vom ersten Moment an sympathisch, aber das war nicht unbedingt etwas Besonderes, denn Larissa war allgemein überaus beliebt. Jeder bewunderte ihre Fähigkeiten als Pianistin, ihre zahlreichen Freunde freuten sich stets, sie in einem ihrer Konzerte hören zu können oder sich in ihrer Gunst zu sonnen. Aber für Marisa war sie in einer geheimnisvollen Art wichtiger als eben nur sympathisch, und sie hätte in den Anfängen gerne mehr Zeit mit ihr verbracht, mehr von ihr gewusst und mehr an ihrem Leben teilgenommen. Sie war teilweise sogar beseelt von dem Wunsch, Larissa etwas Gutes zu tun. Auch wenn ihre Ansichten nicht in allem übereinstimmten, freute sich Marisa über alles, was Larissa unternahm und für sich als richtig entschied. Sie hätte ihr nie gram oder nachtragend sein können. Auch versuchte sie nicht, Larissa von ihren eigenen Meinungen zu überzeugen. Sie nahm sie, wie sie war, auch entgegen eigener Sicht der Dinge. Es gab ihrerseits kein kritisches Hinterfragen oder Einschätzen, sondern Marisa freute sich, wenn es der Musikerin gut ging.

Larissa war auch im gegenwärtigen Leben ein ausgesprochenes Vaterkind und hatte genau wie einstmals zu ihrer Mutter eher ein zwiespältiges Verhältnis. Das erinnerte stark an ihr früheres Verhalten. Marisa gegenüber gab sich Larissa sehr liebenswert und charmant, blieb zunächst aber eher unverbindlich freundlich, während sie sich mit Leo prächtig verstand, ihn viele Jahre bewunderte und große Stücke auf ihn hielt.
Als Marisa in Larissa ihre einstige Tochter erkannte, kam in ihr das Gefühl auf, nicht an die junge Pianistin herankommen zu können, es bestand eine unausgesprochene Distanz zwischen ihnen. Marisa wurde eingeholt von der Erinnerung, ehemals die Tochter mit übergroßer Zuneigung überschwemmt zu haben. Forderte nun das Prinzip der

Balance ein neutraleres Verhalten von ihr? Ein selbstloseres Wohlwollen?

Ob Larissa Ahnung oder Kenntnis von der ehemaligen Konstellation hatte, zeigte sich nicht explizit, denn grundsätzlich brachte sie allen Lebewesen eine große Sympathie entgegen. Sie war sehr kommunikativ und offenherzig, außerdem hatte sie für jeden ein freundliches Wort. Viel Liebe zu verschenken und das auch verbal zum Ausdruck zu bringen, war ihr wichtig – nicht nur ihren Freunden gegenüber, sondern allen, denen sie begegnete und denen sie ihre positive Lebenshaltung zur Verfügung stellte.

Marisa verlor sie schließlich für lange Zeit aus den Augen, was durch Larissas langjährige Auslandsaufenthalte bedingt war, in denen sie in verschiedenen Partnerschaften flüchtiges Glück erfuhr. Danach mehrten sich ihre beruflichen Reisen, die sie rund um den Globus führten. Als sie in späteren Jahren wieder in die Heimat zurückkehrte, war Larissas Haltung Marisa gegenüber von großer Herzlichkeit geprägt, und beide waren sich freundschaftlich zugetan bei ihren nur sporadischen Möglichkeiten des Wiedersehens.

Lukas

Generell flüchtigerer Natur war die Freundschaft mit Lukas gewesen - ein gemeinsamer Freund von Marisa, Gianni, Giorgio, Larissa und Gina. Larissa wäre ihm persönlich gerne sehr nahe gestanden, was von seiner Seite aber nicht in gleichem Maße erwidert, sondern nur als freundschaftliche Verbindung empfunden wurde. Eine Quelle der Heiterkeit war hingegen jedesmal die Begegnung zwischen Lukas und Gina. Sie verhielten sich bei jedem Treffen als zwei launige Spaßvögel, die ihre Umgebung mit ihren Scherzen und Neckereien ansteckten. Sie verstanden sich in kameradschaftlicher Art und Weise.

Lukas konnte auf eine frühere, weit glanzvollere Existenz zurückblicken – als ein großer Kunstkenner bewegte er sich in einem Umfeld, welches wie der bescheidene Überrest einer früheren Blütezeit anmutete. Als Experte auf seinem Gebiet war der rührige Geschäftsmann geschätzt und beliebt – bei seinen Kunden ebenso wie im Freundeskreis. Er wurde von vielen als ein gewandter Plauderer und unterhaltsamer Gastgeber empfunden, den religiöse und spirituelle Themen genauso interessierten, wie er tiefgreifend über das Leben nachdachte. Lukas' gedankliche Visionen offenbarten einen weitreichenden Blick, und er erreichte meist das, was er sich vorgenommen hatte.

Lukas-Lukas war in früherer Zeit Gina-Ginas und Luisa-Luisas Bruder gewesen. Als Kunstmäzen und Baumeister schuf er Prachtbauten und Museen, die heute noch das Stadtbild zieren. Sein Amt übte er in der Familientradition aus und pflegte neben seinen verantwortungsvollen Pflichten die schönen Künste – für seine Sammlerleidenschaft unternahm er viele Auslandsreisen.
Ebenso heiß schlug sein Herz für schöne Frauen. Larissa-Larissa war damals seine Geliebte – er vergötterte sie, während sie sich hauptsächlich Vorteile von ihm versprach und auch bekam. Beider Affäre dauerte solange an, bis sie den Bogen überspannte und Lukas-Lukas Konsequenzen ziehen musste. Schweren Herzens – der öffentliche Druck ließ ihm keine andere Wahl – zog er den Trennungsstrich. Larissa-Larissa verbrachte ihre Tage in der Folgezeit in einem ruhelosen Zustand auf Reisen. Sie ging danach mehrere Ehen ein, bevor sie relativ jung starb – nebenbei bemerkt in

*dem Land, in dem sie in der Gegenwart für lange Zeit ihren Wohnsitz
hatte.*

Leos alte Beziehungen im neuen Licht

Auch im Zusammentreffen mit Leo tauchten persönliche
Erinnerungsbilder auf, wenngleich Marisa über seinen
gegenwärtigen privaten Background nur das wusste, was er
selbst an der äußeren Oberfläche preisgab. Seine zweite Frau
war jetzt Lina – die einstige Geliebte und langjährige
Weggefährtin. Als er Lina kennenlernte, trennte er sich von
seiner Ehefrau Hanne (*einstige langjährige heimliche Bettgenossin
während Marisa-Marisas Abwesenheiten*). Das hatte
Wiederholungscharakter, denn genauso hatte er einstmals die
freie Beziehung zur einstigen Liebedienerin beendet, sobald
die neue Freundin in sein Leben getreten war. Aus den
beiden einstigen Amouren waren interessanterweise diesmal
eheliche Verbindungen geworden.

Leos Freundschaft mit Gianni – früher standen sie in der
problematischen Verbindung von Vater und Sohn –
funktionierte auf Dauer auch in der Gegenwart nicht. Anfangs
jedoch schienen beide gut miteinander auszukommen, aber je
länger sie sich kannten, umso schwieriger gestaltete sich ihr
Verhältnis – immer weiter klafften die gegensätzlichen
Ansichten auseinander, welche sie miteinander weder zu
teilen noch zu tolerieren gesonnen waren. Schließlich kam es
dazu, dass Leo die Freundschaft mit Gianni aufkündigte und
eine weitere Zusammenarbeit unmöglich machte. Und in
kurzer Folge kam auch der Tag, an dem sich für Marisa die
Notwendigkeit ergab, den Kontakt zu Leo abzubrechen – das

schien ihr aus verschiedenen triftigen Gründen die vernünftigste Lösung zu sein. Auch sie mochte Leos Überzeugungen nicht länger teilen. Es war eine Abhängigkeit entstanden, die ihr zu beengend wurde.

Es fiel ihr nicht leicht, dieses neuerliche, wenn auch anders gewichtete Zusammengehörigkeitsgefühl abzubrechen. Es kostete sie einige innere Kämpfe, um den Schlussstrich ziehen zu können, denn es war immer noch Sympathie in ihr vorhanden und eine gewisse Vertrautheit. So sehr sie es einerseits bedauerte, war es nach ihrem Empfinden dennoch unumgänglich geworden, sich aus Leos Umfeld zu befreien. Es blieb dennoch nicht aus, dass sich Marisa viel später gelegentlich Gedanken machte, ob sie damit richtig gehandelt oder sich ihr Freiheitsdrang wiederholt durchgesetzt und sie erneut in die Distanz zu Leos Umfeld getrieben hatte?

Julia

Julia und Marisa verband eine Jugendfreundschaft von großer Nähe und gemeinsamen Interessen während ihrer gemeinsamen Schulzeit.

Julia-Julia war früher eine ihrer engen Vertrauten und Ratgeberinnen sowie die treue Begleiterin auf vielen ihrer Wege gewesen. Sie war Marisa-Marisa damals in großer Hingabe und bewundernder, bedingungsloser Freundschaft ergeben, fühlte sich auch als Beschützerin und Verteidigerin, wenn Marisa-Marisa Neid, Missgunst und Verleumdungen ausgesetzt war, worunter sie immer wieder zu leiden gehabt hatte. Julia-Julia hatte oft die Quellen und Hintergründe der Schwierigkeiten durchschaut und versucht, Marisa-Marisa davor zu bewahren. Julia-Julia hatte damals auch das volle Vertrauen Giulio-Giulios besessen – jenes Mannes, mit dem Marisa-Marisa tiefe freundschaftliche Gefühle geteilt und für dessen politische Ziele sie sich so rückhaltlos eingesetzt hatte. Julia-Julia fungierte als die von beiden hochgeschätzte Vermittlerin.

Die Schulfreundinnen Marisa und Julia verbrachten ihre Freizeit meistens mit gemeinsamen „Theaternachmittagen". Immer wieder spulten sie ähnliche Szenen auf ihrer privaten „Bühne" ab – ein eingeschworenes Team, das in verschiedene Rollen schlüpfte und deklamierend und improvisierend im Haus oder Garten die Dinge des Lebens ihrem Verständnis gemäß lebendig werden ließen. Dieses Spiel bedeutete den Freundinnen damals die Welt. Über lange Jahre war das ihre kreative Art, die schulfreie Zeit zu gestalten. Aber sie verwischten oft die Grenzen des Spiels, vielmehr identifizierten sie sich mit ihren Charakteren und fühlten sich voll und ganz in die Personen ein, die sie mit Ernst und Eifer darzustellen pflegten. Es war erstaunlich, welche Bandbreite menschlicher Emotionen sie in ihrem jugendlichen Eifer bereits zu umspannen versuchten – vieles geschah unbewusst, jedoch entsprach es ganz natürlich den Empfindungen der beiden Mädchen. Sie wechselten die Rollen und waren nie um Worte und gestaltenden Empfindungen verlegen. Ihrer Fantasie fühlten sie keine Grenzen gesetzt, wenn sie Liebesgeschichten von Prinzen und Prinzessinnen verkörperten, wenn es um Feen und Hexen, Zauberer und Könige, Dichter und Helden, um Tänzerinnen oder Kammerzofen ging. Auch Streitgespräche bezüglich Enttäuschung oder Zänkereien mit Geschwistern, Müttern und Kindern gehörten zu ihrem Repertoire.

Seltsamerweise hielten sie sich nie in einem Szenarium der Gegenwart auf, obwohl ihr Empfinden beim Spiel absolut echt und gegenwärtig war. Stattdessen rollten sie all ihre Einfälle historisch auf – alles handelte in einer vergangenen Zeit. Dabei kamen die jugendlichen Schauspielerinnen ganz ohne Kulissen und Requisiten aus. Einzig ihre Fantasie und die emotionale Identifikation mit dem Spiel boten den Stoff, aus dem sie ihr Spiel webten – Geschichten aus der Geschichte, das war ihr Aktionsfeld. Manchmal verglichen sie ihr jugendliches Spielen auch mit dem realen Leben – welches ihnen als großes Theater erschien, in dem jeder eine andere Rolle zu verkörpern hatte. Sie inszenierten sich immer wieder neu. Dieser Gedanke hatte für sie etwas Faszinierendes.

Marisa schöpfte aus dieser Erinnerung die Erkenntnis, dass das Betrachten von Gedanken an zurückliegende Ereignisse, Verdrängtes oder auch besonders Glückhaftes in manchen Situationen des späteren Lebens von unschätzbarem Wert war. Ihr schien in dem Erlebten etwas zu liegen, das ihr weiterhalf, auf das sie bauen konnte als eine abbildende

Anschauung oder als Vergleichsmoment in aktuellen Konflikten oder vor unschlüssigen Entscheidungen stehend. Gute und schlechte Erinnerungen konnte sie zu gegebener Zeit aus dem Gedächtnis hervorholen, um aus dieser Erkenntnis Kraft zu gewinnen in schwierigen Situationen oder Problemen des Augenblicks – die Gegenwart ließ sich so bewusster handhaben und leichtgängiger fügen. Was sich ihr in erinnerndem Zugriff aus den vergangenen Monaten oder Jahren eröffnete, fand sie ebenso in weiter Zurückliegendem aus früheren Inkarnationen.

Marisa und Julia überlegten sich im Zuge ihres Theaterspiels häufig, aus welcher Quelle wohl manche Künstler, Interpreten klassischer Rollen und vor allem auch kreativ arbeitende Autoren, Kunstschaffende oder Erfinder schöpfen mochten, wenn sie zu außergewöhnlichen Ausdrucksformen gelangten? Diese mussten für ihr Verständnis möglicherweise einen – wenn auch mental nicht unbedingt bewusst – emotional vollständigen Zugang zum inneren Speicherreservoir kollektiver Erinnerung haben, wahrscheinlich über verschiedene Zeitalter hinweg.

Augenfällig in ihren diesbezüglichen nachdenklichen Betrachtungen wurden für sie Wunderkinder oder solche, die überdurchschnittliche Leistungen erbrachten, auf welchem Gebiet auch immer. Solche Ausnahmebegabungen entstanden scheinbar nicht aus dem Nichts, sondern waren vielmehr das Ergebnis intensiver Vorarbeit in einem oder mehreren vorausgegangenen Leben, bis es zur Realisation und zu einem Höhepunkt auf einem bestimmten Gebiet kommen konnte – davon waren die Mädchen fest überzeugt.Für solche Überlegungen konnten sie sich begeistern und die aktuelle Zeit darüber vergessen.

Für beide waren ihre jugendlichen Theatergeschichten ein wichtiges Schlüsselerlebnis für den Zugang zur eigenen ferneren Vergangenheit. In der Ausformung ihres Spiels kamen nicht selten alte Erinnerungen an die Oberfläche, die sie wiederum in den dargestellten Rollen verarbeiten konnten. Die starken Emotionen, welche sie in ihren Geschichten als völlig echt und authentisch empfanden, waren das wahre Verbindungsglied ihrer Freundschaft, die allerdings in späteren Jahren keine Fortsetzung mehr fand. Marisa fragte sich danach des öfteren, warum diese jugendliche, aus der Vergangenheit so wohlwollend gespeiste Freundschaft vonseiten Julias eines Tages ein abruptes Ende gefunden hatte ohne je wieder zu einer neuerlichen Kontaktnahme geführt zu haben. Marisa kam zu dem Schluss, dass in der unbewussten Erinnerung in jungen Jahren Reste jener Beziehung gegenseitiger Abhängigkeit noch einmal aufgelebt waren, aber dafür bestand in Folge keine weitere Notwendigkeit mehr. Sinn und Zweck jener gemeinsamen Aufgabe mit ihren gegenseitigen Erfahrungen waren wohl erfüllt und hatten ihre Auflösung gefunden.

Flüchtige Erinnerungen

Eine ganze Reihe von weiteren Personen, sei es aus der ehemaligen Großfamilie oder aus anderen Bereichen, mit denen Marisa wieder zusammentraf, spielten meist nur kurzzeitig eine Rolle in ihrem Leben – sie verschwanden meist wieder spurlos. In einigen Fällen bedauerte sie das, in anderen war es Befreiung für sie.

Im großen Bogen gesehen, waren die meisten dieser Begegnungen ebenso mit Restenergien aus vergangenen Zeiten verbunden – angenehme wie zwiespältige – die noch einer kurzen erneuten Auseinandersetzung bedurften oder einfach nur Erkenntniswert spiegelten. Freilich fragte sich Marisa manchmal, warum diese Spuren einstiger intensiver Beziehungen an die Oberfläche wollten? Welchen Sinn machte es, dass auch bei eher flüchtigen Bekanntschaften, die nur Episoden blieben und plötzlich wieder wie im Nebel verschwanden und sich auflösten, die Erinnerung nach ihrer Aufmerksamkeit verlangte?

Mit ihnen war Marisa einst in familiären Banden, im peripheren Umfeld der Familie oder auch in sehr viel weiter zurückliegenden Begebenheiten verbunden gewesen, die nur noch schemenhaft auftauchten. In ihrer Gedankenwelt hatte sie oft gegen das familiäre Establishment jener Zeit und ihre Verkettung darin rebelliert. Damit waren gegnerische Energien erzeugt worden, in die in kollektiver Verwicklung die meisten aus dem näheren Umfeld einbezogen waren. Die in der Folge daraus entstandenen emotionalen Verstrickungen und Schattenbilder blieben also in mehr oder minder starken Spannungen bestehen und suchten nach einer Auflösungssituation. Sie mussten aus dem Schatten heraustreten und nochmals Marisas Weg kreuzen, damit die

Altlasten ohne Reminiszenzen verabschiedet werden konnten. Nur die Erinnerung blieb zurück und – schließlich als Resultat – ein hoher Erkenntnisgrad über die Gesetzmäßigkeiten des Lebens.

Gerade dafür war Marisa allen dankbar, denen sie begegnete, denn sie hatten ihr Leben und ihren Alltag bereichert sowie ihre Verständnisebene erweitert.

Marisas Begegnung mit **Domenico** knüpfte an eine weit zurückliegende Episode im alten Karthago an. Es war in Marisas Jugend – einige Zeit, nachdem ihr Tanzlehrer John sich nach New York abgesetzt hatte. Die Ballettklasse hatte die Einladung zu einer Reise nach Sizilien erhalten. Im antiken Freilichttheater von Taormina sollte die Truppe eine Tanzeinlage in einer gemischten Show aus Opernarien, Tanz und Folklore zum Besten geben. Alle Tänzerinnen und Tänzer waren sehr aufgeregt und voller Vorfreude auf dieses Engagement.

Sizilien zeigte sich – im späten Frühjahr – von seiner schönsten Seite. Es war schon sommerlich warm, aber die große Hitze ließ noch etwas auf sich warten. Kurz nach der Ankunft in Taormina lernte die Truppe Domenico kennen. Er war der verantwortliche Manager, der die Unternehmung organisiert hatte. Er lebte in Catania und organisierte regelmäßig Aufführungen in der einzigartigen griechischen Amphitheaterruine Taorminas – Opern, Konzerte, Ballettabende.

Das beliebte sizilianische Städtchen war und ist vor allem in den Monaten des Frühjahrs und im Herbst – und trotz der Hitze auch im Sommer – eine Touristenattraktion. Die unterschiedlichen Darbietungen im griechischen Theater an manchen sommerlich warmen Abenden gehörten von jeher zu den Höhepunkten jedes Taormina-Aufenthaltes. Aber auch am Tage brachte die Aussicht vom obersten Treppenrund der antiken Arena einen märchenhaften Eindruck. Der Blick hinauf zum schneebedeckten Gipfel des Ätna und hinunter in die Silberfluten des südlichen Mittelmeeres konnte für Momente alle anderen Tageseindrücke vergessen machen. Gebannt gab sich Marisa dieser Kulisse hin und bewahrte sie als unauslöschliches Bild über Jahre hinweg vor ihrem inneren Auge.

Domenico hatte inzwischen seine Gäste allen markanten landschaftlichen Schönheiten zugeführt und machte sie mit jeder Einzelheit vertraut. Er war rasch auf Marisa aufmerksam geworden, weil sie relativ gut italienisch sprach – ihre Sprachlektionen bei Mafalda trugen offensichtlich Früchte. Domenico lud sie zu einem Espresso auf der Piazza ein, unterhielt sich intensiv mit ihr und interessierte sich sehr für ihre tänzerische Arbeit.

Marisa fand die Unterhaltung interessant und anregend, sehr bald spürte sie jedoch, dass er im Begriff war, sich in sie zu verlieben. Diese Tendenz steigerte sich in ihm innerhalb kurzer Zeit zu einer rasanten Leidenschaft, die so vehement emotional aufgeladen war, dass Marisa seinen Avancen kaum zu widerstehen vermochte. Er lud sie zu einer Rundfahrt um die Insel ein, zeigte ihr alle Schätze und landschaftlichen Juwelen seiner Heimat, auf die er mächtig stolz war.

So lernte sie die unglaubliche Vielfalt dieses zauberhaften Eilands kennen, mit seinen grünen und für Italien untypischen Hügeln im Innern des Landes, den verträumten Küstenstreifen und den griechischen Tempelruinen. Er zeigte ihr die blühenden Gärten und die antiken Ausgrabungsstätten. Und sie fühlte sich getragen von seiner warmen Energie – sie musste sich eingestehen, dass sie seine Gunstbezeigungen genoss. Nach kurzer Zeit machte er ihr einen Heiratsantrag. Er – ein gutes Stück älter – meinte es ernst, wirkte sehr seriös und charismatisch. Aber Marisa zögerte, obwohl sein Werben eine große Versuchung für sie darstellte. Sie war einerseits noch so von ihren ehrgeizigen Plänen für das Tanzen erfüllt, und andererseits hatte sie die Enttäuschung mit John noch nicht vollständig überwunden, sodass es ihr unmöglich schien, ernsthaft daran zu denken, ihr Leben in Sizilien zu verbringen.

Nach ihrer Abreise fragte sie sich allerdings manchmal, ob sie richtig gehandelt hatte? Wie ihr Leben wohl verlaufen wäre, hätte sie Domenicos Antrag angenommen? Hatte sie eine große Chance im Leben verpasst?

Es brauchte eine Weile, bis sie davon überzeugt war, dass der konsequente Abschied von Domenico der einzig richtige Schritt war. Erstens liebte sie ihn nicht wirklich, sondern war nur von seiner Leidenschaftlichkeit fasziniert gewesen.

Außerdem erkannte sie rasch, dass die Wurzeln dieses sizilianischen Liebesrausches im alten Karthago angesiedelt waren, und dass es sich folglich um einen emotionalen Rest aus weit zurückliegender Zeit handelte. In jener entfernten Zeit war es nämlich Domenico gewesen, der sie verschmäht hatte. Zu diesem gegenwärtigen Zeitpunkt konnte Marisa sich nicht entschließen, ihr Leben mit ihm zu verbringen – damit hatte sich die Energie der Episode erledigt. Zurück blieb ihr eine schöne Erinnerung an ihren sizilianischen Aufenthalt. Seither ist Sizilien für Marisa ein gelobtes Land voller Zauber, Blüten, Wärme und landschaftlichen Reizen. Es war ein schöner Traum, der aber auf Dauer keine emotionalen Verstrickungen zurückließ.

Auch **Alberto** war eine der flüchtigeren Bekanntschaften.
Er war einst als eine Art graue Eminenz des Familienclans ein erfolgreicher Feldherr gewesen, der bei weittragenden

Familienentscheidungen ein Machtwort mitzureden gehabt hatte.
Sein Verhältnis zu Marisa-Marisa war damals nicht das beste, trotz
oder gerade wegen ihrer Position war sie seiner heftigen Kritik oft
ausgesetzt gewesen. Somit hatte seine Gegenwart sie meist stark
verunsichert.

Jetzt war Alberto Großunternehmer mit weltweiten
Besitzungen. Als junger Mann hatte er sich ins Ausland
abgesetzt und machte fern von Heimat und Familie sein
Glück. Im fortgeschrittenen Alter besann er sich wieder auf
seine Ursprünge und nahm vorübergehend in seinem
Geburtsland Wohnsitz. Er galt als unvorstellbar reich und das
erregte Neid und Missgunst im Ort. Ihn umgab etwas
Geheimnisvolles und man bekam ihn höchst selten zu Gesicht.
Es wurde viel geredet und getuschelt, aber nur wenige
kannten ihn näher.
Doch eines Tages lud er die gesamte Nachbarschaft im
weiteren Umkreis zu einem großen Fest ein – bei dieser
Gelegenheit lernte Marisa ihn näher kennen. Er bewirtete alle
überaus großzügig und sparte an nichts, Marisa war
begeistert von seinem geschmackvoll und kostspielig
gestalteten Anwesen. Er hatte einen geschliffenen Verstand
und eine rasche Auffassungsgabe, aber für sie war er ein
schwieriger Gesprächspartner.
In seinem früheren Dasein hatte er mit Waffen gekämpft, nun
trumpfte er mit schneidenden Argumenten. Marisa konnte
sich des Eindrucks nicht erwehren, dass er sie völlig falsch
einschätzte, obwohl er sich überaus höflich gab. Aber die
Kommunikation zwischen beiden kam nicht so recht ins
Fließen. Sein Denken und seine Interessen waren so anders
gelagert, dass es leicht zu Missverständnissen kam, wodurch
er sich schnell verletzt fühlte oder Desinteresse zeigte und
den Rückzug antrat.

Trotzdem beeindruckten Marisa seine Großzügigkeit und sein Besitz. Er hatte alles aus eigener Kraft und Tüchtigkeit geschafft und engagierte sich sehr für moderne Technologien und in Bezug auf Umweltprobleme für nachhaltige Lösungen – das flößte ihr Achtung ein. Zu allem Überfluss besaß er eine interessante Kunstsammlung und veranstaltete oft private Führungen.

Für eine kurze Weile ließ sich Marisa von Albertos Persönlichkeit, seiner Weltgewandtheit und seinem Reichtum blenden und wäre einer privaten Verbindung mit ihm nicht abgeneigt gewesen. Das war zu einer Zeit, als sie sich sehr einsam fühlte, weil sie die Beziehung zu Kevin beendet hatte und andere sich ihr bietende Gelegenheiten nicht in Betracht zog. In gewisser Weise bewunderte Marisa Alberto, dazu kam die Perspektive einer gesicherten Existenzgrundlage, welche ihr ein Leben an seiner Seite versprochen hätte – die aufgrund einer weiter zurückliegenden gespeicherten Erinnerung jetzt so verlockend schien und Marisa ungemein faszinierte. Aber von Albertos Seite war ein privater Kontakt mit ihr offensichtlich kein Thema. Marisa begriff schnell – sie waren altersmäßig nicht weit genug auseinander – dass seine Aufmerksamkeit in der Hauptsache wesentlich jüngeren Frauen galt. Zudem fehlte der gemeinsame Interessenhintergrund. Rasch rief sich Marisa innerlich zurück, denn es blieb ihr stets wichtig, sich danach auszurichten, dass eine Verbindung nur dann sinnvoll war und gelingen konnte, wenn sie bedingungslos getragen war von tiefempfundener Liebe und einer starken Basis des gegenseitigen Verständnisses.

Ganz anderer Natur war Marisas Bekanntschaft mit **Nick.**
Es handelte sich bei ihm um einen Sängerkollegen, den Marisa während des Studiums bei einem Meisterkurs kennengelernt hatte. Sie arbeiteten oft gemeinsam und halfen sich

gegenseitig bei stimmlichen Problemen ebenso wie sie ihre Freude über neu errungene Erkenntnisse und Fortschritte teilten.

Später zeichneten sich ihre gemeinsamen Verpflichtungen stets durch kollegiale Zusammenarbeit und ein produktives Miteinander aus. Nach einiger Zeit wurde ihnen jedoch klar, dass ihr Interesse aneinander über die künstlerische Zusammenarbeit hinausging und private Formen annahm – sie hatten sich verliebt. Beide versuchten dagegen anzukämpfen, denn es gab keinen Raum für ihre intensiveren Gefühle. Nick war verheiratet und hatte Kinder.

Je stärker sie ihre Gefühle zu unterdrücken suchten, desto heißer loderten sie auf. Nick war schließlich fast bereit, seine Familie zu verlassen, um die Beziehung zu Marisa leben zu können. Das durfte sie aber nicht zulassen, denn ihr ausgeprägtes Verantwortungsgefühl schob einen Riegel davor – schnell musste sie die Notbremse ziehen. Es kam für Marisa nicht infrage, dazu beizutragen, dass in Nicks Familie ein Chaos ausbrach. Solch eine karmische Ursache wollte sie nicht setzen. Also blieb ihr nichts übrig, als von heute auf morgen jede weitere Begegnungsmöglichkeit tunlichst zu meiden. Marisa bedauerte das sehr, und diese Entscheidung nagte einige Zeit an ihr. Aber es gab keine andere Lösung – sie zweifelte nicht daran, dass diese scheinbare Verliebtheit ohnehin nicht von Dauer gewesen sein würde, weil nicht wirklich eine freie Liebe im Spiel war. Marisa wusste natürlich, dass Nick ihren plötzlichen Rückzug nicht verstehen konnte. Trotzdem hoffte sie, dass keine Reste einer Verletzung zurückgeblieben waren, da auch diese Begegnung aus ihrer Sicht der aufdämmernden Erinnerungen nur die Auflösungsoption früherer Disharmonien darstellte.

Welcher Art war das damalige Ungleichgewicht zwischen ihnen gewesen? Nick-Nick hatte im weiteren Sinn auch zur Großfamilie gehört. Er war Leo-Leos und Marisa-Marisas Neffe – ein Leichtfuß, der einen Skandal nach dem anderen heraufbeschworen und vor nichts Respekt hatte. Die restliche Familie war von ihm immer wieder provoziert worden – allen voran Leo-Leo und Marisa-Marisa. Er hatte sie mit Spott und übler Nachrede übergossen und alle Regeln und Vorschriften aus den Angeln gehoben. Seine beißenden Spötteleien machten nicht einmal Halt vor seiner eigenen Frau, die von sanftem tugendhaftem Liebreiz gewesen war. Sein Sohn hatte die Anlage der Mutter geerbt und war derjenige, der mit größerem Feingefühl ausgestattet war und schließlich den Fortbestand des Familienstammes sicherte.

Aus dem Kreis ihrer ehemaligen Geschwister gab es einige weitere Begegnungen. Die Freundschaft mit dem einstigen jüngeren Bruder Giorgio war herausfordernd,schwankend, sporadisch, bereichernd und öfter distanziert, blieb aber ein immer wieder versöhnliches Thema.   Die anderen Konfrontationen klangen an, waren kürzer, oberflächlicher oder nur seltene Momente.

Willy war einst Marisas ältester Bruder gewesen, dessen morganatische Ehe mit **Wally** von der Familie wenig willkommen geheißen worden war. Marisa aber hatte damals der bürgerlichen Schwägerin immer viel Herzlichkeit entgegengebracht, wenngleich das Verhältnis mit dem eigenbrötlerischen älteren Bruder immer eher unterkühlt war und blieb.
In der jetzigen Konstellation fanden sich die damaligen „unstandesgemäßen" Eheleute als Geschwister mit sehr unterschiedlichen Interessen wieder. Wallys frühere Identität nahm Marisa bereits einige Wochen nach deren Geburt wahr. Das neugeborene Mädchen kam im Traum in Gestalt einer

jungen Frau zu ihr, umarmte sie und stellte sich ihr mit dem ehemaligen Namen vor – dann fügte sie hinzu: „Weißt du, dass ich dich sehr lieb habe?" Marisa hat diese Traumwahrnehmung nie vergessen und empfand ihrerseits für das heranwachsende Mädchen und später für die junge Frau bei jeder Begegnung große Zuneigung. Gerne wäre sie ihr eine hilfreiche Ratgeberin gewesen, es ergab sich jedoch keine Notwendigkeit dafür. Aber gegenseitiges Wohlwollen und freundschaftliche Gesinnung blieben auch über geografische Distanzen hinweg erhalten.

Eine weitere Begegnung aus alter Zeit war Marisas Sprach-Lehrerin **Mafalda**, einst Marisas jüngere Schwester, mit der sie lange befreundet war. Allerdings war nach und nach die gegenseitige Kommunikation seltener geworden seit beider Wohnsitze sich in größerer geografischer Distanz befanden. Das Schicksal auferlegte Mafalda schwere Bürde. Marisa bewunderte sie, dass sie trotzdem ihren Lebensmut und Kampfgeist nicht aufgegeben hat. Es brauchte geraume Zeit bis sie wieder leben und lachen lernte.

In jenen Jugendjahren waren die beiden ehemaligen Schwestern zunächst unzertrennlich. Als Marisa-Marisa bereits das Elternhaus verlassen hatte, wurde Mafalda-Mafalda an einen ungeliebten Gatten verheiratet, für dessen Belange sie sich zwar in den Anfängen kämpferisch einsetzte, aber privat ging sie ihre eigenen Wege und lebte später ihr eigenes Leben, ahmte Marisa-Marisa in vielen Dingen nach, angefangen von der Kleidung bis zum Reisefieber und zur freiheitlichen Lebensweise. Auch machte sie sich viele Vorteile aus der Position der Älteren zunutze. Aber das entzweite die beiden Schwestern schließlich und ihre Wege trennten sich mehr und mehr.

Marisas gegenwärtige Beziehung zu Mafalda war eine lockere Freundschaft, getragen von gegenseitigem Wohlwollen sobald sie sich trafen oder sich mit gemeinsamen Freunden verabredeten. Zwischendurch gab es von Mafaldas Seite einige Unstimmigkeiten und ihre Einstellung Marisa gegenüber blieb nicht frei von Kritik. Das hatte zur Folge, dass auch diese Freundschaft so mancher Schwankung unterworfen war und sich neutraler gestaltete, dennoch in einiger Distanz immer aufrechterhalten blieb. Mafalda lebte in völlig anderem Umfeld und lernte keines von Marisas früheren Familienmitgliedern kennen. Sie hatte ihre eigene Geschichte.

Weit flüchtiger gestaltete sich die Bekanntschaft mit **Vera,** der nach Mafalda nächst Jüngeren der ehemaligen Schwestern. Nach der Trennung von Leo ist ihr Marisa nicht mehr begegnet, wie manch anderen auch aus dem „Familientreffen" auf dem englischen Gutshof. Das ist deshalb erwähnenswert, weil es zeigte, dass Leo jetzt ebenfalls - wie früher auch- ein zentraler Punkt für sein Umfeld war und sich die Nachwehen einstiger familiärer Verstrickungen restlos aufzulösen begannen, sobald an ihn keine emotionale Haftung mehr bestand.

Vera-Vera hatte damals viel Aufsehen mit ihren Partnerproblemen erregt. Zunächst war sie ausersehen, einen hochgestellten Edelmann zu ehelichen, aber das scheiterte an seiner Weigerung zur Heirat aufgrund seiner mangelnden Neigung zum weiblichen Geschlecht. Vera-Vera begegnete dann ihrer großen Liebe, die aber nicht auf Dauer zu realisieren war, weil der Mann dem Anspruch der Eltern nicht genügte. Schließlich wurde sie wie schon Schwester Mafalda-Mafalda gegen ihren Willen ins Ausland verheiratet, was sich anfangs wider Erwarten günstig zu entwickeln schien. Aber nach Jahren wartete sie mit einigen handfesten Skandalen auf, die teilweise auch provoziert wurden durch das geringe Verständnis, das die Familie, allen voran Bruder Giorgio-Giorgio, ihren Problemen entgegenbrachte. Schließlich verlor sie bei einem tragischen Unglücksfall ihr Leben. Als bei einer öffentlichen Feier ein Feuer ausbrach, konnte sie nicht aus den Flammen gerettet werden.

Marisa lernte Vera eines Tages bei Luisa kennen, mit der sie eng befreundet war, die ja einstmals beider Mutter war. Außer bei einigen freundlichen Plauderstündchen an gelegentlichen Kaffeekränzchen-Nachmittagen kam Marisa wenig in Berührung mit Vera. Sie war eine sanfte liebenswerte Person, eine hübsche Frau, mit der man manch interessantes Gespräch führen konnte. Aber sie lebte sehr zurückgezogen und hatte ihre Eigenheiten, die sie oft als etwas weltfremd erscheinen ließen. Bei ihr suchte Marisa zunächst noch nach irgendeiner äußeren Spur, die ihre Vermutung über ihre frühere Identität untermauern sollte. Zwar fügte sich ihre Ehegeschichte ins Bild, aber das war nicht so außergewöhnlich. So etwas kommt öfters vor. Marisa hatte mehrere Frauen kennengelernt, die ein ähnliches „Pech" mit ihrem Partner hatten: Erst nach mehreren Ehejahren kam Vera dahinter, dass ihr Ehemann bisexuell veranlagt war, als sie ihn eines Tages in flagranti überraschte. Offenbar eine Art Wiederholungserfahrung ihrer früheren Existenz. Vera ließ sich scheiden und lebte seither aus Überzeugung allein. Aber im Laufe der Zeit verdichtete sich Marisas Gewissheit, in ihr die einstige Schwester erkannt zu haben. Eines Tages trafen sich beide in einem Restaurant. Es war ziemlich überfüllt und da es zu jener Zeit noch kein Rauchverbot in Gaststätten gab, waren sie von einer Vielzahl paffender Gäste umgeben, die das Lokal einräucherten. Marisa störte das zwar, aber sie nahm es als unabänderlich hin. Nicht so Vera. Sie geriet derart in Panik, dass sie schnell das Weite suchte und Marisa bat, eine andere Lokalität aufzusuchen. Sie erzählte dann, dass die kleinste Spur von Rauch und stickiger Luft ihr jedes Mal Angst mache und für sie absolut unerträglich sei. Man habe sie dafür oft schon als hysterisch gescholten. Dieses Erlebnis vervollständigte Marisas Puzzle in Sachen Vera. Gewiss gibt es auch andere Leute, die unter Rauchphobien leiden und das mag die unterschiedlichsten Ursachen haben. Aber in diesem Fall war es für Marisa nur der letzte Puzzle-Stein , um sich sicher zu sein, dass es sich um Veras unbewusste Erinnerung an ihren Erstickungstod beim Brandunglück handelte.

Ebenfalls weiter entfernt von ihrem Freundes- und Bekanntenkreis lebte **Rogér**. Marisa lernte ihn zwar nur flüchtig kennen, aber sie bewunderte ihn seit vielen Jahren. Er war ein berühmter Schauspieler geworden, überall begehrt und anerkannt. In früherer Zeit war er der schwierige weltfremde Eigenbrötler und begeisterte Kunstliebhaber und Mäzen. Jetzt lebte er selbst ein Künstlerleben. Marisa erlebte ihn im Lauf der Jahre in all seinen bedeutenden Rollen und war stets aufs Neue von seiner großen Darstellungskunst beeindruckt. Ihre Sympathie flog ihm zu, vom ersten Moment an als sie ihn auf der Bühne sah, aber es ist nie zu einem nachhaltigeren persönlichen Kontakt gekommen. Die beiden hatten ihre gemeinsame Zeit früher, einmal in einer unglücklichen Ehe und später durch die verständnisvolle Freundschaft. Jetzt war keine Notwendigkeit zu emotionalen Konfrontationen übrig geblieben außer Wohlwollen, Erinnerung und Erkennen von Marisas Seite.

LAJOS *war einst einer von Leo-Leos Adjutanten gewesen, dessen Freundschaft mit Marisa-Marisa damals aufgrund seiner Eifersüchteleien und Sticheleien zerbrochen war.*
Im gegenwärtigen Leben begegnete Marisa Lajos erst in fortgeschrittenen Jahren. Sie sah ihn bei Freunden und er fiel

ihr unter allen Anwesenden sofort auf und schien ihr von irgendwoher bekannt zu sein. Sie fand ihn sympathisch, fühlte sich auf unerklärliche Weise zu ihm hingezogen, ohne sich an seine frühere Identität zu erinnern. Erst Monate später ging ihr ein Licht auf. Und da erinnerte sie sich auch an einen viele Jahre vor der Begegnung mit Lajos zurückliegenden Traum. Diese Traumbilder waren für Marisa anfangs bedeutungslos gewesen und folglich hatte sie das nächtliche Erleben schnell wieder vergessen. Aber bald nach der Begegnung kam die Erinnerung zurück und alle Details wiesen eindeutig auf Lajos hin, auf sein früheres Verhalten ebenso wie seine heutige Identität, und gaben ihr Aufschluss über die Natur des Zusammentreffens.

Beide freundeten sich fortan auf eine lockere ungebundene Art an. Sie hoffte, dass sich das alte Reaktionsmuster nicht zwanghaft wiederholen würde. Jetzt bestand die Chance, der Freundschaft eine bessere Basis zu geben, oder die Verbindung würde ganz ohne Ressentiments enden, sobald sie sich nichts mehr zu sagen hatten.

Ein weiterer Angehöriger von Marisas einstiger Großfamilie war **Gero,** einstmals der jüngere Bruder von Leo und Maxim. *Er rivalisierte in jener Zeit in jungen Jahren mit den älteren Brüdern, die in der Gunst der Mutter den ersten Platz eingenommen hatten. Seine Einstellung zu Marisa-Marisa war zwiespältig, denn es blieb stets ein kleiner Stachel zurück, dass nicht er, sondern Leo-Leo einstmals das Rennen bei ihr gemacht hatte.* In der Gegenwart lernte Marisa Gero aufgrund eines Geschäftskontakts kennen. Sie kam einerseits ganz gut mit ihm zurecht, denn er hatte eine freundlich umgängliche Art. Andererseits war er jedoch ein beinharter Geschäftsmann, der es auf äußerst diplomatische Weise verstand, für sich immer den größtmöglichen Vorteil auszuhandeln. Seine Firma florierte, er hatte sich gute Lebensbedingungen aufgebaut und konnte sich so ziemlich jeden Luxus leisten. Seine diversen Wohnsitze hat er in besonders bevorzugten Gegenden mit viel Geschmack eingerichtet. Sein ganzes Denken und seine Aufmerksamkeit waren auf seine geschäftlichen Erfolge ausgerichtet. Einige seiner Freunde kreideten ihm seine Geschäftsmethoden an, aber mit seinem etwas rauen Charme nahm er letztendlich jeden für sich ein.

Als Marisa und Gero die Geschäftssituation abgewickelt hatten, gab es zwischen ihnen jedoch keine Verbindlichkeiten mehr. Es zeigte sich, dass Freundschaft über Geschäftskontakte hinaus mit Gero nicht möglich war und so verlief diese Begegnung ohne Reminiszenzen schnell wieder im Sand.

Die Begegnungen mit den geschilderten Personen stellten bedeutende zwischenmenschliche Beziehungen im Leben Marisas dar, auch wenn sie in manchen Fällen nur kurzzeitig alte Erinnerungsmuster an die Oberfläche riefen. Sie dienten in erster Linie der Erkenntnis wie auch einem Bearbeiten von Resten unbalancierter Energien oder gegenseitigem voneinander Lernen. Manche lösten sich rasch wieder auf oder wurden durch Tod beendet, andere nahmen über lange Zeiträume in Beschlag oder ließen sich nach kürzerer oder längerer Zeit neutralisieren. Ein paar wenige mündeten in langjährige wohlmeinende Freundschaften.

In den folgenden Kapiteln und den darin erzählten Geschichten sollen weiter zurückliegende Erinnerungen, Verbindungen und Verbindlichkeiten aus der Vergangenheit zum Ausdruck kommen. Es waren Stationen auf dem Weg zur geschilderten Großfamilie.

Der große Schmerz

In einer anderen bedeutenden Lebensspanne war eine wohlhabende Handelsrepublik im südlichen Europa die Heimat von Marisa-Marisa. Ihr Vater war einer jener Kaufleute, die sich mit ihren Geschäften großen Besitz erworben hatten. Die Familie gehörte zu den vornehmsten der Stadt und war zudem eine der reichsten. Marisa_Marisa wuchs auch diesmal in einer Reihe von Geschwistern auf: mehrere Töchter und der Sohn Giorgio-Giorgio. Marisa-Marisa war zum Liebling des Vaters geworden, noch bevor Giorgio-Giorgio als nächstes Kind geboren wurde.
Zur Ausbildung wurde sie in eine Klosterschule geschickt, wie es damals für vornehme Patriziertöchter üblich war. Neben der Allgemeinbildung und religiösen Ausrichtung legten die praktischeren Unterweisungen vor allem Wert auf Geschäftssinn und Diplomatie sowie auf detaillierte Geschichtskenntnisse der Heimatstadt und des Landes. Neben der Schulung des guten Benehmens wurden Poesie und Kunstsinn angeregt.
Gute Handelsbeziehungen, florierende Geschäfte und die ständige Vermehrung von Besitz standen bei den führenden Familien der Stadt an erster Stelle. Nicht selten diente dazu eine gut arrangierte

Heirat. Für ein solches Schicksal war Marisa-Marisa ausersehen, deshalb war ihr Aufenthalt in der Klosterschule nur von kurzer Dauer. Andere Aufgaben harrten ihrer – der junge Herrscher eines entfernt gelegenen Kleinstaates hatte seinen Botschafter zur Brautwerbung in die Handelsmetropole geschickt. Marisa-Marisas Vater unterhielt langjährige Geschäftsbeziehungen mit dem kleinen, jedoch sehr fruchtbaren Land und nannte dort stattliche Besitzungen sein eigen, die sein Bruder für ihn verwaltete.

Der befreundete junge Amtsinhaber benötigte dringend eine Aufbesserung seiner Finanzsituation und eine Stabilisierung seiner politischen Lage, die er sich – mittels eines Ehebündnisses – von der Handelsmetropole versprach. Eine Hochzeit mit einer betuchten Kaufmannstochter bot sich ihm dafür als die beste Lösung an.

Also war es naheliegend, sich in den begüterten Familien der Metropole nach einer passenden Braut umzusehen. Solcherart mit dem reichen Handelszentrum verbunden zu sein, würde seine eigene Position festigen. Für die cleveren Stadtväter kam dieses Angebot mehr als gelegen, um damit ihrerseits einen Fuß in den als Handelsstützpunkt begehrten Landstrich zu setzen. Man scheute keine Mühe, Marisa-Marisas Vater zu überzeugen, die Rechte an der Tochter vollständig an den Staat abzutreten. In einem eventuellen Fall der Witwenschaft oder im Erbfall würde somit das gesamte Reich an die Metropole fallen.

Hin- und hergerissen zwischen Vatergefühlen und persönlichen Vorteilsgedanken gab er schließlich dem Begehren der Stadtväter nach. Man war sich schnell einig. Da die älteren Schwestern inzwischen bereits die Ehe mit reichen Patriziern eingegangen waren, fiel folglich die Wahl auf Marisa, nachdem sich auch der Brautwerber mit ihrer Erscheinung zufrieden gezeigt hatte. Ihm war von seinem Herrn aufgetragen worden, bei der Wahl Schönheit und Wohlgestalt der künftigen Braut nicht unberücksichtigt zu lassen.

Nach der eigenen Neigung wurde das junge Mädchen jedoch nicht befragt. Es hatte bedingungslos zu gehorchen, war es doch für Marisa-Marisa eine Ehre, der Politik der Heimatstadt auf diese Weise dienlich sein zu können. Die Stadt entschloss sich zu einer noblen Mitgift und erhandelte sich damit einen Ehevertrag zu ihren Gunsten. Per procura – durch bevollmächtigte Stellvertreter – und ohne den künftigen Gatten vorher zu Gesicht bekommen zu haben, wurde die junge Braut verheiratet. Eine glanzvolle Zukunft schien sich für sie aufzutun. Ihr wurde sofort von allen Seiten jede Ehrerbietung entgegengebracht, und als „Tochter der Stadt" war sie fortan die erste Dame der Reichen und Mächtigen ihrer Heimat – das bedingte zudem ein stattliches Salär.

Eines verblieb für sie jedoch im Schatten eines Geheimnisses. Wer genau war der Mann, mit dem man sie verheiratet hatte? Würde er ihr gefallen, und würde sie so fern der Heimat mit ihm glücklich werden können? Marisa-Marisa stellte solche Überlegungen immer öfter an, dabei wurde es ihr häufig bang ums Herz. Aber die Zeit verging und der ferne Bräutigam machte keine Anstalten, die junge Angetraute heimzuholen und den Vertrag zu erfüllen. Die ferne Braut interessierte ihn kaum, denn es stand ihm nicht der Sinn danach, seine diversen Geliebten für ein unbekanntes kindliches Geschöpf aufzugeben. Aber Marisa war inzwischen kein Kind mehr, Ungeduld und Frustration bemächtigten sich ihrer ob der groben Nichtbeachtung vonseiten des angetrauten Ehemannes. Aus welchem Holz war dieser Fremde geschnitzt? Bohrende Neugier vermischte sich nach und nach mit Angst und argwöhnischer Scheu, bis ihre innere Unruhe immer übermächtiger wurde ...

Dieser fremde, ihr versprochene Mann war Maxim-Maxim. Er war der natürliche, aber uneheliche Sohn des Herrschers, nach dessen Tod dessen einzige eheliche Tochter den verwaisten väterlichen Thron zu übernehmen gesonnen war. Aber der Halbbruder machte ihr dieses Recht streitig und nahm für sich die Machtposition in Anspruch. Eine jahrelange Fehde entspann sich daraufhin zwischen Maxim-Maxim und Halbschwester Lore-Lore, die einen erbitterten

Kampf anstrengte und mit allen Mitteln und Intrigen versuchte, den unehelichen Sproß auszuschalten.

Aber der Vater hatte von Anfang an seinen Sohn favorisiert und sah lieber ihn als die legitime Tochter in seiner Nachfolge. Damit hatte er bereits zu Lebzeiten den Widerstand von Lore-Lores Mutter erregt. Diese setzte alles daran, ihrer Tochter das ihr zustehende Vorrecht zu sichern. Interne familiäre Kämpfe entbrannten, die ihre Wurzeln nicht zuletzt in den unterschiedlichen Weltanschauungen der Ehegatten hatten.

Tatsächlich gelang es Lore-Lore nach dem Tod des Vaters, sich zunächst die Machtnachfolge zu sichern. Maxim-Maxim aber ruhte nicht, bis er die Herrschaft für sich gewonnen und zurückerobert hatte. Nicht unerheblich wirkte das Volk darin mit, welches ihn willkommen hieß. Lore-Lore floh letztlich mit ihrem Gatten ins Ausland, für sie war der Kampf verloren. Der Heißsporn Maxim-Maxim hingegen schreckte selbst nicht davor zurück, an feindlichen Gefolgsmännern der Stiefschwester oder Stiefmutter Rache zu üben und jene sogar kurzerhand vom Leben in den Tod zu befördern. Noch vor dem Ableben des Vaters hatte Maxim-Maxim einen Machtanspruch erlangt, mit dessen Hilfe es ihm gelang, sich den Strafverfolgungen zu entziehen. Niemand wagte es, ihm zu widersprechen, die meisten befleißigten sich eher darin, schmeichlerisch um seine Gunst zu buhlen.

Maxim-Maxims Herrschaft blieb dennoch nicht unangefochten, deshalb hatte er sich Stärkung in der Allianz mit der mächtigen Handelsmetropole versprochen. Da er sich aber nicht anschickte, die Braut heimzuholen, geriet er mehr und mehr unter Druck. Einerseits bedrängten ihn die politischen Gegner aus angrenzenden Nachbarstaaten, die sich zum Teil auch als Handlanger von Lore-Lores dunklen Machenschaften betätigten. Auf der anderen Seite pochte Marisa-Marisas Vater auf die Erfüllung der Vertragsverpflichtungen. Somit konnte der ferne Bräutigam nicht mehr länger zögern, sein ursprüngliches Vorhaben in die Tat umzusetzen.

Endlich war der Tag gekommen, an dem Maxim-Maxim die ihm in der Ferne angetraute Braut zu sich holte, um sie zu seiner Gemahlin und Mitregentin zu machen. Als die beiden sich zum ersten Mal gegenüberstanden, erfüllte sie eine mächtige Woge der Freude. Ein derartiges Gefühl hatten beide noch nicht gekannt – so schien es ihnen – denn es gab an fernere Zeiten im alten Ägypten, wo sie sich schon einmal begegnet waren(wie wir noch erfahren werden), keine bewusste Erinnerung. Ihre gegenseitig als gefühlsintensiv empfundene Zuneigung durchströmte sie wegen des unbewussten Wiederfindens nach früheren Begegnungen, ohne dass sie es hätten benennen können.
So fremd sie sich waren, empfanden sie doch etwas Vertrautes oder schon Bekanntes. Wie war das möglich? Sie konnten es sich mit nichts erklären, aber von diesem Augenblick an fühlten sie tiefe Liebe füreinander. Vergessen war die lange Wartezeit Marisa-Marisas, vergessen die früheren Geliebten Maxim-Maxims. Der draufgängerische Krieger und Opportunist wurde fortan ein zärtlicher, treuer Ehemann und das ebenso verwöhnte wie frustrierte Mädchen eine liebende, stärkende Ehefrau.

Aber die Sonnenseite des Schicksals sollte nicht von langer Dauer sein. Zu viele Widersacher und Neider, die dem jungen Paar das persönliche Glück nicht gönnten, säten im Verborgenen Missgunst und Hass, manche suchten sogar Wege der völligen Zerstörung. Die dunklen Kräfte bekamen bald die Oberhand. Zwar hatte Marisa-Marisa ihre treue Freundin Gina-Gina und einige Vertraute aus ihrer Heimat zur persönlichen Bedienung mitgebracht, die so etwas wie einen Schutzwall um sie errichteten, aber darüber hinaus hatten viele ihr fremde Personen Zutritt zu ihrem persönlichen Wohnsitz. Diese ließen ihr zwar den gebührenden Respekt zuteilwerden, deren wahre Gesichter blieben ihr jedoch verborgen. Zudem stellte sich bald eine zweite große Widersacherin ein, die zwar nicht die gleiche Rivalität wie die inzwischen besiegte Lore-Lore an den Tag legte, aber Marisa-Marisa nicht gerade freundschaftlich oder gönnerhaft gesinnt war.

Es war Maxims Mutter Conny-Conny, der Marisa-Marisa in der Gunst des Sohnes ein persönlicher Dorn im Auge war. Ihr war die standesrechtliche Position verwehrt gewesen, die jetzt der jungen Schwiegertochter zukam. Von Lore-Lore war sie ohnehin immer wie eine Geächtete behandelt worden, somit waren sich beide spinnefeind. In ihnen hatte Marisa-Marisa also zwei Gegnerinnen – die eine in unmittelbarer Nähe, die andere in größerer Ferne – die unablässig verdeckte Intrigen spannen. Aber auch Maxim-Maxim war beileibe nicht nur von Wohlmeinenden umgeben. Wie groß seine Gegnerschar wirklich war, blieb eine undurchschaubare Dunkelziffer.

Wieder einmal – wie so oft – war Maxim-Maxim mit seinen Höflingen zur Jagd ausgeritten. Währenddessen ließ sich Marisa-Marisa, die zukünftigen Mutterfreuden entgegensah, die Zeit des Wartens auf den geliebten Gatten mit Musik und Tänzen vertreiben, womit sie ihre dienstbaren Geister mit viel Geschicklichkeit aufzumuntern suchten. Aber die werdende Mutter konnte den vergnüglichen Darbietungen diesmal nur mit geteilter Aufmerksamkeit folgen. Unruhe bemächtigte sich ihrer, sie sorgte sich um Maxim-Maxim und konnte kaum seine Rückkehr erwarten. Später als gewohnt traf er endlich ein – befand sich aber in einem beängstigenden Zustand. Ein heftiges Fieber schüttelte ihn, der sich vor Schwäche kaum noch auf den Beinen halten konnte. Die rasch aufkeimende Krankheit zog sich über Tage hin und sein Körper wurde schwächer und schwächer. Die zu seiner Heilung gerufenen Ärzte waren machtlos und gingen schweigend unverrichteter Dinge, während Marisa-Marisa starr vor Gram und Sorge war. Der unterschwellige Verdacht, dass hier ein heimlicher Giftanschlag verübt worden war, verdichtete sich zu einer grausamen Gewissheit, als Maxim-Maxim schließlich seiner Schwäche erlag.

Wer waren die Drahtzieher, die den jungen kraftstrotzenden Mann so plötzlich zu Tode gebracht hatten? Wer machte den größten Gewinn an seinem Hinscheiden?

Der Verdacht auf die Handlanger Lore-Lores lag zwar nahe, sie konnte letztlich aber außer der persönlichen Genugtuung keinen Vorteil einstreichen – Erbin war jetzt Marisa-Marisa, und nach ihr das noch ungeborene Kind, welches bald als Sohn und Erbe seines Vaters das Licht der Welt erblickte.

Maxim-Maxims Tod versenkte Marisa-Marisa in tiefe Trauer und hinterließ eine schmerzende Wunde, die nie mehr vollends heilte. Die junge Witwe war wie versteinert, zu kurz war das gemeinsame Glück gewesen. Nur ihr angeborener Optimismus und die Aussicht auf die bevorstehende Geburt gaben ihr wieder Lebensmut. Die Freude über den neugeborenen Sohn vertrieb kurzzeitig alle dunklen Schatten von ihrer Seele und half ihr über die schwere Zeit der Trauer hinweg. Die junge Mutter war jetzt für alles verantwortlich und musste für ihren Sohn die Regentschaft übernehmen. Darin war sie vollkommen unerfahren, das Land war ihr immer noch fremd, auch wenn sie es inzwischen lieben gelernt hatte – ja, sogar immer mehr Zugehörigkeit empfand. Sie war dankbar für jede Freundlichkeit und Zuwendung aus ihrer unmittelbaren Umgebung, ließ aber zu wenig Unterscheidungsvermögen walten, wenn es darum ging zu deuten, wer ihr ehrlich zugetan war und wer nur eine freundliche Maske zeigte. Ihre Offenheit und unbedachte Vertrauensseligkeit sollte noch manchem fatalen Schicksalsschlag Tür und Tor öffnen.

Die nächsten Schreckensmeldungen ließen auch nicht lange auf sich warten. Bald kam die Nachricht, dass Marisa-Marisas Onkel, der ihres Vaters Besitzungen verwaltet hatte, einem meuchlerischen Anschlag erlegen war. Aber viel schlimmer war für die junge Mutter der plötzliche Tod ihres kleinen Sohnes, des letzten

Erinnerungspfandes an ihren geliebten Gatten. Auf dem Söhnchen hatte alle Hoffnung gelegen, er war der große Trost für die junge Witwe gewesen. War etwa auch hier eine hinterhältige Giftmischerei die Ursache für das unvermutete Hinscheiden des Säuglings? Jedenfalls war von nun an die weitere Nachfolge verwaist.

Marisa-Marisas Alltag war von großer Verantwortung geprägt, aber auch von äußerst rauen Winden ständig herausgefordert. Einzige Stütze in dieser schweren Zeit war ihr Gina-Gina, die Freundin und enge Vertraute. Die beiden Frauen schlugen sich tapfer, mussten sich aber unentwegt gegen Personen zur Wehr setzen, die ihnen Ratschläge erteilten, was zu tun oder zu lassen sei, und die sich meist als schmeichelnde Heuchler und Intriganten entpuppten. Trotzdem liebte Marisa-Marisa ihr kleines Reich und identifizierte sich zunehmend mit dem Land und ihrer Aufgabe darin.

Jahre kamen und gingen und immer öfter stellten sich Abgesandte aus ihrer alten Heimat ein, die ihr solange als wohlmeinende Ratgeber willkommen waren, bis sich deren wahre Absichten herausstellten. Da Marisa-Marisa ohne Erben war, würde ihr Land nach ihrem Ableben an ihre Vaterstadt fallen, denn inzwischen hatte auch Lore-Lore, Maxim-Maxims Halbschwester und einstige Rivalin, das Zeitliche gesegnet.

Man versuchte Marisa aufgrund feindlicher Angriffe aus den Nachbarstaaten einzureden, dass sie als alleinstehende Frau ihrer harten Aufgabe nicht länger gewachsen sei. Immer drängender wollte man sie dazu bewegen, freiwillig alle Rechte an die Heimatstadt abzutreten. Aber sie gab nicht so schnell auf. Sie kämpfte um ihr Land, das ihr trotz der Bedrohungen von allen Seiten sehr ans Herz gewachsen war.

Auch ihr Vater war jetzt nicht mehr am Leben, und so spielten die Stadtväter einen letzten Trumpf aus, um das seit Langem anvisierte Ziel schließlich doch zu erreichen. Sie sandten Marisa-Marisas Bruder Giorgio-Giorgio in diplomatischer Mission zu ihr, um ihr mit persönlicher Einflussnahme und allen ihm zu Gebote stehenden vernünftigen Argumenten ins Gewissen zu reden. Giorgio-Giorgio hatte inzwischen das Erbe des Vaters angetreten und war seinerseits ein äußerst wohlhabender Kaufmann und erfolgreicher Politiker in der Heimat geworden. Für sein heikles Ansinnen bei seiner Schwester gab ihm eine Reihe von Funktionären aus den mächtigsten Familien der Stadt Rückenstärkung. Allen voran Leo-Leo, einer der einflussreichsten Politiker aus alter Adelsfamilie. Alle waren sich einig geworden, dass Giorgio-Giorgio der Einzige sei, der mit dieser Aufgabe noch erfolgreich sein mochte – sie sollten recht behalten. Er besaß seiner Schwester volles Vertrauen, es gelang ihm schließlich mit einiger Überredungskunst, sie davon zu überzeugen, das Schicksal ihres Landes in die Hände ihrer Heimatstadt zu legen.

Mit gemischten Gefühlen verzichtete sie auf die Regentschaft zugunsten ihres Vaterlandes und trat mit Giorgio-Giorgio die Heimreise an. Der Abschied fiel ihr wahrlich nicht leicht, denn sie ließ ihr Herz zurück in dem Land, das ihr zur zweiten Heimat geworden war – dessen Erde die sterblichen Überreste Maxim-Maxims und ihres kleinen Sohnes barg. Und auch Gina-Gina, ihre engste Vertraute und mütterliche Freundin, hatte sie inzwischen dort begraben müssen. So war Giorgio-Giorgio nahezu der Einzige geblieben, der ihrem Herzen noch nahe stand.

Nach langer mühevoller Reise trafen beide mit einem kleinen Stab Bediensteter in der alten Heimatstadt ein. Wie anders war ihr jetzt zumute. Einst war es ein Aufbruch in die Ungewissheit gewesen, aber ihr Herz war damals jung und mit Neugier und Vorfreude auf das Kommende gefüllt. Jetzt, anlässlich ihrer Rückkehr wurde sie mit allen Ehrungen und großem Gepränge empfangen in dem Bewusstsein, was man ihr alles verdankte. Aber eine unstillbare Wehmut hatte ihr Herz überschwemmt, ihre Liebe hatte sie zurücklassen müssen, und als Siegerin kehrte sie nicht heim. Ungeachtet dessen aber heiterte das Wiedersehen mit den Schwestern ihre trübe Stimmung etwas auf, während Leo-Leo und die übrigen Honoratioren ihr ihre Wertschätzung und Ehrerbietung zum Ausdruck brachten. Als Äquivalent für den erlittenen Verlust beließ man Marisa-Marisa den hoheitlichen Titel und machte sie zur

Herrin eines kleinen Landsitzes in den Bergen im Hinterland. Dort hatte sie ihr Auskommen, und sie schickte sich drein, auch wenn ihr bewusst war, dass sie wieder nur eine Marionette im Machtspiel der Stadtväter geworden war. Zwar delegierte sie alle Verwaltungsarbeiten nach eigenem Gutdünken, aber man behielt ihre Aktivitäten doch im Auge, damit sie nicht auf etwaige Kontaktnahmen aus ihrem abgedankten Reich eingehen würde oder in irgendeiner Weise nicht konform ginge mit den politischen Autoritäten der Hauptstadt.

Fortan machte sie ihr neues Domizil zu einem kulturellen Treffpunkt. Sie versammelte Musiker und Literaten um sich. Die geistige Elite der Zeit gab sich ein Stelldichein in dem abgelegenen beschaulichen Winkel, ganz abseits von der Geschäftigkeit der Handelsmetropole. Dort war es vor allem John-John, der ihr mit Lautenspiel und Gesang die Tage versüßte sowie zur allgemeinen Unterhaltung der Gesellschaft beitrug. Er war schon vor und auch während ihrer Ehe mit Maxim-Maxim einer ihrer engsten Vertrauten gewesen, der ihr nun erneut mit seiner Musik die Momente düsterer Gemütsverfassung aufhellte. Sie sah in ihm den treuen Freund, dem sie voll vertraute und der ihr eine unentbehrliche und hilfreiche Stütze war.

John-John aber begehrte sie heimlich, in all den Jahren war seine Zuneigung und Liebe zu ihr gewachsen. Jetzt sehnte er sich danach, die schöne Witwe in der ländlichen Umgebung nicht nur durch seine künstlerischen Talente zu erfreuen, sondern sie mit all seiner Zärtlichkeit und liebevollen Nähe zu verwöhnen. Marisa-Marisa liebte ihn untergründig auch, aber sie verdrängte das Gefühl, denn sie spürte auch, dass für ihn ihr immer noch herrschaftlicher Status keine leicht zu nehmende Hürde bedeutete. Vor allem aber war sie nicht offen für eine neue Liebesbeziehung. Sie schätzte John-John über alles und wollte seine Gegenwart keinesfalls missen.

Zu schmerzlich war jedoch die Wunde über die erlittenen Verluste, sodass nichts und niemand ihr zu nahe kommen konnte. Tief in *ihrem Herzen war die Liebe zu Maxim-Maxim verborgen und eingekapselt. Auch wenn sie ein geselliges offenes Haus führte, war um ihr Inneres eine undurchdringliche Mauer gezogen. Ihr Privates blieb strikt unter Verschluss, während sie als Gutsherrin generös zu den beliebten Künstlerfesten einlud – niemand ahnte die tieferen in ihrem Herzen verschlossenen Gemütsbewegungen, und für die meisten ihrer Gäste war sie einfach Marisa-Marisa, die großzügige und noble Gastgeberin. Das verschlafene Landgut war mit der Zeit zu einer beliebten und lebendigen Bühne bedeutender Musiker, Dichter, Maler, Schauspieler und Tänzer geworden. Besonders beliebt waren die Lesungen eines jungen Poeten, der vornehmlich über die Liebe philosophierte und sich in schwärmerischen Abhandlungen über sein bevorzugtes Thema erging. Dabei war ihm die gepflegte Dichtersprache ein großes Anliegen, wofür er sich intensiven Studien hingab. Obgleich er dem geistlichen Stand angehörte, hatte er Frau und Kinder. Zudem verehrte er auf idealisierende Weise eine wohlhabende Dame aus der herrschaftlichen Gesellschaft eines benachbarten Herzogtums ...*

In den Wintermonaten kehrte Marisa-Marisa regelmäßig in die Stadt mit ihren Festivitäten zurück, weil das Landleben in der kalten Jahreszeit zu rau und einsam war, während in der Stadt pulsierende Lebendigkeit vorherrschte. Sie genoss dann das luxuriösere Ambiente im elterlichen Palazzo, dessen Herr jetzt Giorgio-Giorgio war. So war jedes Jahr jeweils in zwei unterschiedliche Lebensweisen unterteilt. Das ließ die Zeit schneller eilen. Leo-Leo war mittlerweile zum Stadtoberhaupt aufgestiegen und Giorgio-Giorgio trat ein einflussreiches Amt im Senat an. Marisa traf Leo-Leo nicht oft – er suchte ihre Gesellschaft nicht, denn Künstler und Literaten waren nicht die Menschen, mit denen er sich umgab. Aber wenn sie sich gelegentlich begegneten, zeigte er sich ihr durchaus geneigt, gab sich aber unterschiedlich, teils zuvorkommend, teils zurückhaltend. Gelegentlich aber bot Leo-Leo auch all sein diplomatisches Geschick auf, um Marisa Schutz zu gewähren. Fremde kriegerische Mächte bedrohten nämlich eines Tages ihren Landsitz und scheuten sich nicht, ihn kämpferisch in Besitz zu nehmen, wenngleich nur vorübergehend. Marisa sah sich deshalb gezwungen, für eine Weile aus ihrem Domizil in die Stadt zu wechseln, wo ihr Giorgio-Giorgo und auch Leo-Leo Trost und Stütze gaben.

Der Musiker John-John aber war in all den Wechselfällen ihr treuer Begleiter geblieben, denn ohne ihn hätte sie die vielen emotionalen Tiefpunkte in ihrem damaligen Leben nicht so ergeben hinnehmen können. Er machte ihr den Alltag auf verlässliche Weise erträglich.

Das also war der Hintergrund für Marisas heftige Gefühle zu ihrem Ballettlehrer John, in dem sie den ihr einst treuen und geschätzten Musiker wiedererkannte, der ihr den Alltag erträglich machte in den schmerzlichen Wechselfällen ihrer einstigen Stationen der frühen Witwenschaft, des Herrschafts- und Landverzichts und des zurückgezogenen Lebens als Herrin auf dem einsamen Landgut, umgeben von einem Kreis von Literaten und Musikern. Die persönliche Liebe des ehemaligen Musikers hatte sie in ihrer inneren Verletzlichkeit einstmals nicht erwidern können. Jetzt war sie es, die ihn begehrte, von ihm aber nicht mehr als eine freundschaftliche Distanz zu erwarten hatte. Die Verteilung der Attraktion und die Struktur der emotionalen Beschaffenheit zeigte sich zwischen beiden nun genau umgekehrt.

In der ehemaligen Heimat

In einer anderen Lebensspanne war erneut die einstige Heimatstadt der Schauplatz gewesen. Die Handelsmetropole hatte zu jener Zeit zwar den Höhepunkt ihrer Blütezeit inzwischen überschritten, war aber immer noch eine bedeutende Stadt, in der die letzten Ausläufer einstiger Macht und üppigen Wohlstands das gesellschaftliche Leben bestimmten. Große Feste wurden gefeiert, die Künste brachten eine Fülle von exquisiten Kreationen in hoch verfeinerten Formen hervor. Zur Tagesordnung der vornehmen Gesellschaft gehörten die Aufführungen von Opern, und allerlei Liebeständeleien waren zu kunstvollen alltäglichen Vergnügungen geworden, die der Langeweile des Adels entgegenwirkten. Das hielt eine gewisse Spannung in der Bevölkerung aufrecht, denn nichtsdestotrotz wurden derartig unzüchtige Verbindungen von der Kirche als unmoralische Delikte geahndet. Darum kümmerte sich aber kaum jemand ernstlich. Es wurde meist unauffällig im Verborgenen gehandhabt, während nach außen der Status gewahrt blieb.

Marisa-Marisas Elternhaus befand sich in diesem Fall in einer ländlichen Umgebung, nicht weit vor den Toren der Stadt idyllisch gelegen. Große Ländereien waren vorhanden und man gehörte dem privilegierten Stand der Patrizier an - andererseits war es um die flüssigen Finanzmittel nicht so gut bestellt. Eine reiche Heirat der Tochter würde die Kassen zur Erhaltung des Familienbesitzes aufbessern können, dafür schien Gianni-Gianni die passende Wahl zu sein, der seinerseits nur eine Frau aus alter Adelsfamilie zu ehelichen gesonnen war.

Er war der Jüngste von mehreren Geschwistern einer Familie, die keinen adeligen Stammbaum vorweisen konnte, sich aber aufgrund ihres großen Reichtums einen Titel erworben und es zu erheblichem Ansehen gebracht hatte. Sie waren kein alteingesessenes Patriziergeschlecht, sondern in die Stadt zugezogen und hatten durch geschickte Geschäftsmethoden enormen Reichtum erhandelt. Nun wollte Gianni-Gianni durch eine entsprechende Heirat seinen Wohlstand mit einem noblen Statussymbol krönen. Schon seine Schwestern hatten in Familien mit klingendem Namen eingeheiratet, also war jetzt die Reihe an ihm, es ihnen gleichzutun. Gianni-Gianni hatte mehrere Positionen von hohem Ansehen bekleidet, ähnlich wie vor ihm sein älterer Bruder Giorgio-Giorgio. Vom Kapitän in jungen Jahren war er dann später in benachbarten Städten zum Vizebürgermeister und zur Verwaltungsautorität gewechselt.

Gianni-Gianni führte mit Marisa im neu erbauten repräsentativen Palazzo ein großes Haus, in dem eine Reihe gesellschaftlicher Aktivitäten zur vornehmen Haushaltung gehörten. Sie genossen Reputation und Wertschätzung in der Stadt. Dass sich ein betuchter Ehemann heimliche Liebesabenteuer gönnte, gehörte – wie fast überall – zur Tagesordnung. Seine Ehefrau hielt sich mit einem Nebenbuhler schadlos. Auch das war nicht ungewöhnlich und wurde kaum als anstößig empfunden. Obendrein war es für eine Dame der gehobenen Gesellschaft damals allgemein üblich, sich als verheiratete Frau für die täglichen Alltagsaufgaben und bei öffentlichen Anlässen einen jüngeren Galan, einen sogenannten „Cicisbeo" zuzulegen. Das gehörte sozusagen zum guten Ton, war Ausdruck von Wohlstand und luxuriöser Lebensart. Es musste ein eleganter Kavalier sein, eine Mischung zwischen Page und Leibwächter, der ebenso feine Umgangsformen besaß wie er als guter Tänzer und Lautenspieler glänzte und sich möglichst auch des Singens kundig erwies.
Der „Cicisbeo" hatte fast allgegenwärtig zu sein, beriet die ihm Anvertraute bereits bei der morgendlichen Kleiderfrage und bei der

Positionierung des Schönheitspflästerchens. Er war ein geschmackssicherer Berater für die modischen Accessoires und hatte in der Karnevalszeit immer die passende Maske parat. Er wich nicht von ihrer Seite, wenn sie ausging, Besuche machte oder empfing. Eine vornehme Dame brauchte seinen Schutz an ihrer Seite. Sie konnte sich nicht alleine in der Stadt bewegen, das wäre völlig unpassend gewesen und auch nicht ungefährlich.

Vor allem nachts in dunklen Gassen – von und zu großen Bällen, Karnevalsfesten und Theateraufführungen sowie Glücksspielen unterwegs – hatte der „Cicisbeo" seine Pflichten an der Seite seiner Schutzbefohlenen gewissenhaft zu erfüllen, denn es galt, die Herrin vor unliebsamen Belästigungen zu schützen. Diese hatte ihrerseits allerdings keine „private Gegenleistung" zu erbringen. Mit seinem vielfältigen, aber klar umrissenen Aufgabenbereich stand ihr der „Cicisbeo" als Bediensteter, jedoch nicht als Liebhaber zur Verfügung.

Der Ehemann hatte dagegen andere Verpflichtungen, ging seinen Geschäften nach oder widmete sich seinen eigenen Vergnügungen. Demgemäß ging Gianni-Gianni voll in seinen Ämtern auf. Erfolg und Anerkennung waren für ihn die erstrebenswerten Ziele. Seine Geschäfte und damit die Mehrung seines Reichtums hatten den absoluten Vorrang in seinem Streben, dahinter musste alles andere zurücktreten. Marisa-Marisa bekam ihn oft tagelang nicht zu Gesicht, was zur Folge hatte, dass sie sich immer mehr von ihm vernachlässigt fühlte. Ihrer Liebhaber war sie schnell überdrüssig, welche sie sich mehr als Ersatz für Gianni denn aus Zuneigung zu diesen gesucht hatte.

Umso wichtiger war ihr die Anwesenheit des Galans geworden. Er musste ihr ein Bote, Gesprächspartner, Seelentröster, Kammerdiener, Schutzgeist und vieles mehr sein – ein unentbehrliches Faktotum, welches den Alltag erträglich und unterhaltsam gestaltete, trübe Stimmungen aufzuheitern verstand und den weiblichen Launen mit stoischer Ruhe begegnete – keine leichte Aufgabe, der sich ein solcher Kavalier in jener Zeit ausgesetzt sehen musste.

Marisa-Marisa fand nicht auf Anhieb den Kandidaten, der ihren Vorstellungen vollständig entsprach. Sie wechselte mehrmals ihre Begleiter, was ihr nicht gerade den besten Ruf einbrachte. Da sie aber in ihrem Ehemann Gianni-Gianni nicht wirklich einen Ansprechpartner hatte, der sich für ihre persönlichen Belange interessierte, suchte sie in ihrem Kavalier nicht irgendeinen pflichteifrigen Dienstboten, sondern einen Mann, der für sie da war, der sie verstand und dem sie vertrauen konnte, was indessen ein völlig ungewöhnliches Ansinnen bedeutete. Denn wer wollte für den Alltagsbedarf persönliche Ansprüche entwickeln? Dafür war normalerweise der Ehemann zuständig, während sich für das Amüsement ein Liebhaber ins Zeug legte. Der „Cicisbeo" wiederum hatte als neutrale Person der vornehmen Dame zu Diensten zu sein. Dass diese in Bezug auf ihn kapriziös und allzu wählerisch sein würde, stieß auf wenig Verständnis in ihrer Umgebung – vor allem bei Gianni-Gianni. Aber Marisa-Marisa war sensibel, sie suchte nach einem adäquaten Ersatz für Wärme und Zuneigung, die sie von Gianni nicht bekam.

Wieder einmal zeigte sie sich mit einem neuen Gesicht an ihrer Seite, und diesmal hatte sie eine Wahl nach ihrem Geschmack getroffen – Maxim-Maxim, der sich willig an die Stelle des Begleiters begab. Er stammte aus einer jener alten Familien – von denen es damals eine ganze Reihe gab – die zwar einen eindrucksvollen Stammbaum aufweisen konnten, aber finanziell nicht gerade auf flüssige Mittel zurückgreifen konnten. Also begab man sich in die Dienste neureicher Herren und deren Ehefrauen.
Marisa-Marisa war stolz auf ihren neuen „Cicisbeo", auch er blickte mit Respekt auf sie. Er war schlank, aber kraftvoll, war fröhlicher Natur und sah blendend aus, immer nach dem letzten Modeschrei gekleidet. Er war ein eleganter Tänzer und geübt im Umgang mit dem Degen. Sie kamen gut miteinander aus, ergänzten sich, waren

sich bald so zugetan, dass oft nur ein Blick zur Verständigung genügte. Jeder wusste, was der andere gerade dachte und fühlte.

Das blieb Gianni-Gianni nicht verborgen. Er war in zunehmendem Maße überzeugt, dass Maxim-Maxim für seine Ehefrau bald mehr war als nur die gesellschaftsfähige Leibgarde. Eifersucht regte sich in ihm, sodass er plötzlich begann, sich dafür zu interessieren, welchen Beschäftigungen seine Angetraute nachging. Nach und nach hielt er auch in der Öffentlichkeit nicht damit hinter dem Berg, dass er vermutete, es kündige sich hier eine Liebelei an - mit dem „Cicisbeo", einem Angestellten. Wie unpassend! Gianni-Gianni beunruhigte das sehr, wogegen man in der Gesellschaft nur die Achseln zuckte und ein wenig darüber tuschelte. Dieser oder ein anderer konnte es sein, das unterschied sich in deren Augen wenig. Was hatte Gianni-Gianni dagegen einzuwenden? Liebeständeleien oder ein heimliches amouröses Abenteuer waren durchaus an der Tagesordnung und würzten allgemein das Alltagsgeschehen.

Gianni-Gianni war ja selbst geheimen Vergnügungen nicht abgeneigt, und so brachte ihm sein unduldsames Verhalten schließlich Unverständnis vonseiten seiner Umgebung ein. Den Ruf des kleinlichen Prinzipienreiters und pingeligen Kritikers wurde er fortan nicht mehr los. Ganz unrecht hatte er schließlich aber nicht, denn aus der Zuneigung, die Marisa-Marisa und Maxim-Maxim füreinander hegten, war inzwischen eine tiefe Liebe geworden, welche die beiden weitgehend unter Verschluss hielten. Ein solcher Ernstfall war anders einzuschätzen als ein flüchtiges Liebesabenteuer.

Marisa-Marisa begegnete Gianni-Giannis Vorwürfen mit der Drohung, ihn zu verlassen, aber einen solchen Affront gegen die Familie durfte sie sich im Ernst nicht leisten. Die gesellschaftliche Konvention hatte eine entscheidende Gewichtung, außerdem gewährte das Leben an Gianni-Giannis Seite eine finanzielle Sicherheit. Schließlich setzte dessen Einschreiten der Sache ein Ende. Kurzerhand kündigte er Maxim-Maxim das Dienstverhältnis.

Als das publik wurde, machte er sich beinahe zum Gespött in der öffentlichen Meinung. Seine Haltung blieb von allen Seiten unverstanden. Seiner Eifersucht hatte niemand ernsthaft Bedeutung beigemessen, geschweige denn, sie als berechtigt angesehen. Marisa-Marisa durfte nun nicht erkennen lassen, wie sehr sie darunter litt, wie sehr ihr Maxim-Maxim fehlte und sich ihr Inneres nach ihm verzehrte. Sie fügte sich in das Unvermeidliche und versuchte, sich auf Gianni-Gianni und die Kinder zu konzentrieren. Die beiden frustrierten Eheleute arrangierten sich. Ein neuer Begleiter an ihrer Seite versah dann ebenso pflichteifrig wie unpersönlich seine Dienste.

Neue Erfahrungen fern der Heimat

Marisas neues Elternhaus war ein herrschaftlicher Fürstensitz. Die Mutter Gina-Gina stammte aus dem Nachbarland. Marisa war die Älteste in einer Reihe von Geschwistern. Zweitgeborener war Maxim-Maxim gewesen, ihr Bruder und Familienerbe. Der Vater regierte mit großer Umsicht und bescherte der Region eine lange Friedenszeit, auch als Bauherr hinterließ der Fürst bedeutende Spuren. An seinem Hofe wurden die schönen Künste und das Musizieren gepflegt, und zum Erstaunen vieler begeisterte er sich so sehr für das Theater, dass er sogar manchmal selbst an den Aufführungen mitwirkte.

Beide Eltern starben jedoch früh und Maxim-Maxim war noch nicht volljährig, als er die Nachfolge des Vaters antreten musste. Ein entfernter Onkel übernahm für kurze Zeit interimistisch die Herrschaft. Dieser verheiratete Marisa-Marisa unter Berücksichtigung der politischen Interessen an den Thronfolger Rogér des benachbarten Herrschers. Zunächst galt die Ehe mit dem Jüngling für Marisa als glänzende Partie und versprach ihr eine hoffnungsvolle Zukunft. Aber Rogér-Rogér besaß nicht die Fähigkeiten seines Vaters, und es war ihm auch nicht beschieden, dessen Nachfolge anzutreten. Erst sehr viel später sollte ihrer beider Enkel – der Urenkel des Altherrschers - zum Zuge kommen – der Altherrscher überlebte nämlich seinerseits Sohn und Enkel.

Marisa-Marisa gebar ihrem Ehemann mehrere Kinder und sicherte damit die Thronfolge. Es fehlte ihr nicht an materiellem Wohlstand, sie bewegte sich in äußerst privilegiertem Umfeld und hatte alle materiellen Vorzüge der damaligen Zeit zu ihrer vollen Verfügung. Ein großer Personalstab übernahm die alltäglichen Arbeiten.

Das fürstliche Leben war glanzvoll und mit Vergnügungen aller Art angereichert, dennoch war Marisa-Marisa alles andere als glücklich zu nennen. Rogér-Rogér betrog sie immer wieder mit seinen zahlreichen Mätressen, auch musste sie sehr umsichtig und vorsichtig sein, denn es wimmelte nur so von Intriganten und Glücksrittern. Zermürbendes Heimweh nach dem Elternhaus und den Geschwistern plagte sie an vielen Tagen, zudem fühlte sie sich nach den Geburten der Kinder leer und ausgelaugt. Trotz des üppigen Ambientes war ihr Herz traurig und hungerte nach Wärme, Zuneigung und Geborgenheit, die sie nur bedingt von ihrem Schwiegervater erhielt – in Form nüchterner Anerkennung. Ihre Pflicht, durch ihre Kinder den Stammbaum fortzusetzen, hatte sie erfüllt und bald darauf – viel zu jung – verstarb sie. Ihr Leben war reich an materiellen Gütern gewesen, aber arm an innerem Glück. So hatte Marisa-Marisa in ihrer Schwermut auch diesmal ein frühes Ende gefunden.

Von ihren jüngeren Geschwistern überlebten sie zwei Brüder: Maxim-Maxim und Phil-Phil. Maxim-Maxim hatte mit seiner Volljährigkeit die Nachfolge seines Vaters angetreten. Als Feldherr war er sehr erfolgreich und kämpfte auch als Verbündeter an der Seite des Herrschers eines angrenzenden Landes – dem siegreichen Kämpfer gab dieser wiederum seine Tochter zur Frau. Sie war eine verlockende Partie für ihn, da ihr ein großes Erbe winkte. Aber unglücklicherweise verstarb sie im Kindbett. Einige Jahre später segnete beider Sohn ebenso plötzlich und unerwartet das Zeitliche, er erlag einer fiebrigen Entzündung. Das ließ die Vermutung laut werden, dass er einem Giftanschlag zum Opfer gefallen war, wofür aber nicht eindeutige Beweise erbracht werden konnten.

Jedenfalls war das vielversprechende Erbe für Maxim-Maxim damit verloren. Er ging eine neue Ehe mit der Tochter eines alten Kampfgefährten ein. Den ausländischen Thron, den sein verstorbenes Söhnchen geerbt hätte, bestieg nun sein Neffe, der zweite Sohn seiner Schwester Marisa-Marisa. Ein erbitterter Erbfolgekrieg entbrannte zwischen den beiden Nachbarländern. Maxim-Maxim war nun nicht mehr der Verbündete seines einstigen Schwiegervaters, sondern stellte sich auf die Seite der neuen Heimat seiner Schwester. Nach einer verlorenen Schlacht musste er sein *eigenes Land verlassen. Fortan führte er im Gastland einen lockeren Lebenswandel, um sich vom Schlachtenlärm zu erholen.*

Mit dem Ende des Krieges veränderte sich das politische Schachbrett aufs Neue und Maxim-Maxim konnte sein Fürstentum wieder in Besitz nehmen. Die Bevölkerung seiner Heimatstadt hieß ihn willkommen, und er setzte sich in den nun folgenden Friedensjahren voll für sein Land ein. Mit verschwenderischer Großzügigkeit hielt er prunkvoll Hof und betätigte sich als bedeutender Kunstmäzen. Sparsamkeit war seine Sache nicht, obwohl die Kriege den Vorrat der Kassen ziemlich geschmälert hatten. Als Maxim-Maxim starb, hinterließ er ein beträchtlich angewachsenes Schuldenkonto.

Phil-Phil, der jüngste Bruder war in den geistlichen Stand getreten und zeigte sich zudem als ein großer Musikliebhaber und Theaterfreund. Seinen Neffen – Maxim-Maxims jüngsten Sohn aus zweiter Ehe – bestimmte er zu seinem Assistenten, der später sein Nachfolger in geistlichen Würden wurde.

Episoden wie diese traten als Bildteile größerer Zusammenhänge für Marisa meist nur bruchstückhaft an die Erinnerungsoberfläche. Jedoch waren diese für sie deshalb nicht minder bedeutsam, denn auch aus diesen Fragmenten spannen sich teilweise verfolgbare Fäden – bis in ihr gegenwärtiges Leben hinein. Diese erzählten Zusammenhänge fanden eines Tages ein lebensnahes Beispiel: Marisa besuchte das Schloss, in dem sie mit ihrem damaligen Ehemann gelebt hatte. Eines Tages stand auf ihrer Reiseplanung die Besichtigung des heutigen Schlossmuseums. Sie wusste noch nicht, dass es sich um genau dieses ehemalige Domizil handelte, denn die Hintergründe dieser Vergangenheit waren ihr zum Zeitpunkt der Besichtigung noch unzugänglich, traten erst im Nachhinein aus dem Dunkel ans Licht.

Sie betrat zum ersten Mal die noblen Zimmerfluchten, und plötzlich erfasste sie eine unerklärliche Aufregung und nervöse Unruhe. Sie spürte sofort, dass sie diese Räumlichkeiten kannte – ein besonderes Déjà-vu wollte sich Bahn brechen. Sie war tief berührt und aufgewühlt. Die Ausführungen der Reiseleitung drangen nicht mehr wahrnehmend an ihr Ohr, vielmehr suchte sie fieberhaft in den vielen großen Porträts an den Wänden eine bekannte Figur, ein bekanntes Gesicht – jemanden, der ihr vertraut erschien. Einen Blitz des Erkennens flehte sie herbei, aber sie wurde nicht fündig. Ihre Nervosität steigerte sich, und aus ihrem Inneren wollte etwas Bestimmtes hervorbrechen, jedoch eine konkretere Wahrnehmung gelang ihr nicht.

Erst viel später – völlig unerwartet und in ganz anderem Umfeld – konnte sie diese Spur neu aufnehmen, die sie damals beim Museumsbesuch nicht hatte finden können. In einer anderen Stadt, in einem anderen musealen Ambiente, in dem sie herausragende Kunstschätze bewunderte, fühlte sie sich aus heiterem Himmel wie magnetisch zu dem großen Damenporträt hingezogen, dessen Augen ihr aus dem Bild ungestüm, als wären sie lebendig, entgegen zu leuchten schienen. Da ging ihr das Licht auf. Sie war total fasziniert, sprachlos verschmolz sie für einen Moment mit diesem Blick. Wer war die Dame auf dem Gemälde? Warum fühlte sie sich magnetisch angezogen? Dann öffnete sich ihr das Fenster zur alten Zeit. Es war das Porträt von Maxim-Maxims damaliger Schwester Marisa-Marisa, welches hier bei deren früherer Heimatfamilie seinen Platz gefunden hatte. Blitzartig offerierte ihr dieses ungewöhnliche Strahlen des Augenpaares, wonach sie im weit entfernten Ausland bereits erfolglos gesucht hatte. Die damalige außergewöhnliche Unruhe, jetzt war sie erklärlich geworden, denn sie hatte einen weiteren Mosaikstein ihrer Geschichte aus vergangener Zeit gefunden.

Fragmente

Nur in Grundzügen und fragmentarischen Umrissen richtete sich Marisas Erinnerungsblick auf kurze Episoden, deren Ereignisse nicht ohne Spuren geblieben waren. Nur der emotionale Gehalt war dabei von Bedeutung als nachhaltiger an der Oberfläche lesbarer Erfahrungswert aus dem Speicherpotenzial.

Schmerzliche Episode

Wie es in früheren Jahrhunderten für die meisten Töchter die Lebenslösung war, wie es auch bereits in den letzten erzählten Episoden der Fall gewesen war, hatten auch diesmal wieder die Eltern für ihre Tochter die künftige Verehelichung geplant, und zwar bereits in deren Kindesalter. Dieses häufig praktizierte offene Vorgehen in der Gesellschaft reproduzierte sich in Marisas diversen Zeitläuften immer und immer wieder in jeweils anderen äußeren Formen. Es war durch die Jahrhunderte das Los höherer Töchter.

Das Mädchen Marisa-Marisa wurde also sehr früh mit Alberto-Alberto, einem vermögenden Gutsherrn aus der unmittelbaren Nachbarschaft, verlobt. Als das Kind herangewachsen war und die Zeit der Vermählung bevorstand, lernte die Jugendliche jedoch den jungen Abenteurer Giorgio-Giorgio kennen, in den sie sich Hals über Kopf verliebte. Giorgio-Giorgio versprach ihr das Blaue vom Himmel, weckte ihre Sehnsucht nach fernen Städten und Ländern, nach Anerkennung und lohnenden Erlebnissen eines spannenden Lebens als reisende Leute. Er beteuerte ihr seine Liebe und sie war in heißer

Leidenschaft zu ihm entbrannt – ja, er füllte ihr ganzes Denken und Fühlen aus. So war es ihm ein Leichtes, sie zur Flucht aus der provinziellen Umgebung zu bewegen. Sie ging mit ihm von zu Hause fort, ließ alles hinter sich in dem Glauben, in Giorgio-Giorgio den Mann ihres Lebens gefunden zu haben. Das gemeinsame Abenteuer und seine großen Versprechungen lockten sie, zumal die damit verbundene Aussicht, der geplanten Heirat mit dem ungeliebten Nachbarn entkommen zu können.

Anfangs sah es so aus, als wäre es der einzig richtige Schritt gewesen. Beide lebten ihre stürmische Liebe, konnten kaum voneinander lassen und hatten große Pläne für die weitere Zukunft. Aber das erwies sich bald als große Illusion, denn das Glück währte nicht lange – Marisa-Marisas „Don Juan" verließ sie bald für eine andere.

Jetzt stand sie alleine, verlassen und mittellos im Leben. Die gesicherte Existenz hatte sie verspielt, ein Zurück gab es für sie nicht, und die Suche nach einer neuen Lebensbasis gelang ihr nicht, zu groß war ihr Schmerz über die zugefügte Enttäuschung. Wie Schuppen fiel es ihr von den Augen, als sie sah, welchen Fehltritt sie getan hatte im blinden Vertrauen auf Giorgio-Giorgio. So wurde sie allem und jedem gegenüber misstrauisch und schlug folglich auch die Chancen auf eine Heirat aus, die sich ihr von einigen Männern aus der unmittelbaren Umgebung geboten hatten und die ihr eine neue Lebensbasis und Versorgung hätten gewähren können.

In das elterliche Haus zurückzukehren, ließ ihr Stolz nicht zu. Vereinsamt, unglücklich und krank fand sie schließlich Zuflucht in einem Kloster. Die Reue und das schlechte Gewissen, gegen den Willen der Eltern gehandelt zu haben – was in jener Zeit einem Delikt gleichkam – ließen ihr keine Ruhe. Es nagte an ihr, dass sie damit ihre gesicherte Existenz an der Seite Alberto-Albertos verspielt hatte. Von diesen Gewissensbissen geplagt, konnte sie sich nicht mehr erholen und es gelang ihr nicht, neuen Lebensmut zu fassen. Nach kurzer Zeit des Dahinsiechens brachte ihr der Tod Erlösung von der Erdenschwere.

Diese gespeicherte Erfahrung war in späteren Existenzen nicht ohne Folgen geblieben. Zu massiv hatte ihre eigene Fehlentscheidung auf ihren Schultern gelastet. In Folge entwickelte sie ein unumgängliches Grundbedürfnis, auf gesicherte Lebensumstände bauen zu können. Eine verstörende Verlustangst blieb dabei in ihrem Unterbewusstsein hängen. Sie fürchtete oft um Menschen und Besitz, was sich unter anderem oft in mangelndem Vertrauen in die Zuverlässigkeiten der Personen ihres Umfeldes niederschlug. Bindung und Nähe blieben für Marisa ein Minenfeld ...

Rollentausch

Marisa war nach dieser unglücklichen Episode schnell wiedergekehrt, aber diesmal inkarnierte sie als Mann. Es kann für wahrscheinlich genommen werden, dass sie eine konkrete Erfahrung und Sichtweise des geschlechtlichen Gegenpols suchte. Nur eine kurze Episode trat frei an die Oberfläche ihrer Erinnerung – nur ein Fragment umriss vornehmlich den emotionalen Hintergrund ihrer seelischen Odyssee.

Marisa-Marisa kehrte als ein junger Kavallerieleutnant wieder, der bei gesellschaftlichen Anlässen als guter Tänzer willkommen war und den Damen häufig den Kopf verdrehte. Eines Tages verliebte er sich in ein junges Mädchen, machte ihm den Hof, umwarb die Dame seines Herzens ein ganzes Jahr lang, hatte aber schließlich keinen Erfolg bei ihr. Sie ließ ihn abblitzen und entschied sich schließlich für einen anderen Verehrer. Die Rollen waren hier vertauscht. Die spröde Schöne war – diesmal in weiblicher Gestalt – Alberto-Alberto,

*den Marisa-Marisa einst mit all seinen Gütern verschmäht hatte, um
dem Abenteurer Giorgio-Giorgio zu folgen. Jetzt war der junge
Leutnant der Ignorierte, der sich daraufhin von einer Liaison in die
andere stürzte.*

Wie es mit seinem Leben weitergegangen war, blieb im
Dunkel, vermutlich wurde er nicht alt, kam möglicherweise
im Kriegstreiben um. Es war in gewisser Weise eine kurze
Zwischenstation, wie es schon viele gegeben hatte, die aber
dennoch einen Baustein in die Gesamtheit der Erfahrungen
Marisas einsetzte. Vor allem um die Umstände und
Strukturen einer neuen Lebenssituation ein Stück genauer
umreißen zu können.

Karthago

Weit zurückliegend in viel früherer Zeit und in gänzlich
anderem Umfeld hatte folgende Episode ein Rolle gespielt.
Diese neue Erfahrung ließ sich nur geografisch Karthago
zuordnen, aber zeitlich nicht genauer festlegen. Mehrere der
heutigen Begegnungen gingen auf damalige Kontakte zurück.
Vor allem Domenico, dem Marisa auf der sizilianischen Reise
mit ihrem Ballettensemble begegnet war, tauchte in ihrer
inneren Wahrnehmung in diesem weit entfernten
Zusammenhang auf.

*Das Leben in der einstigen Metropole zeichnete sich durch
Wohlstand, Luxus und eine gewisse Üppigkeit aus.*

Marisa-Marisas Dasein spielte sich in jener Zeit in einem Vergnügungsetablissement ab, das vorwiegend von Herren aus der gehobenen Gesellschaftsschicht frequentiert wurde. Unter anderem fanden dort die oberen Ränge des Militärs, Stadtväter sowie Ratsherren und reiche Kaufleute vergnüglichen Zeitvertreib. Marisa-Marisa war damals eine der angesehenen Liebesdienerinnen gewesen, die einen bevorzugten Kundenstamm verwöhnten.

Es kam immer wieder vor, dass Marisa-Marisa bei so manchem Kunden nach Liebe suchte – nach einer Begegnung, bei der sie dem Mann mehr bedeuten könnte, als nur Lustgewinn zu sein.
Einmal schienen sich ihre Hoffnungen zu erfüllen. Sie verliebte sich in Domenico-Domenico, der ihre Gefühle durchaus erwiderte, sich dann aber doch nicht zu einer tieferen Verbindung entschließen konnte. Er gehörte einer einflussreichen Familie an. Marisa-Marisa hätte sich gerne offiziell mit ihm verbunden und war geneigt, ihre damalige Existenz und Tätigkeit für ihn aufzugeben. Vorübergehend schien diese Chance zum Greifen nahe, aber dann hätte sie die Rechnung ohne seine Familie gemacht. Offenbar erfüllte sie nicht die Voraussetzungen, um im Familienclan willkommen zu sein. So verschwand Domenico-Domenico ebenso schnell wieder aus ihrem Gesichtskreis, wie er ihn betreten hatte.

Neue Episode

Eine ihrer nächsten Erfahrungsstationen verbrachte Marisa-Marisa als Hetäre eines anerkannten Heerführers, der im Dienste einer erfolgreichen Feldherrenpersönlichkeit stand. Sie war diesem Mann *die Geliebte, Freundin und bevorzugte Partnerin. Seine Ehefrauen waren einzig für Kinder und Haushalte im Einsatz, während Marisa-Marisas Aufgaben die familiären Belange nicht tangierten. Sie hatte stets präsent zu sein, um die persönlichen Bedürfnisse, Nöte oder Herausforderungen ihres Herrn zu bedienen und zu teilen. Sie war sehr aufmerksam und eignete sich viel Information und Wissen an. Auch die politischen Transaktionen ihres Herrn und seines Vorgesetzten erweckten ihr waches Interesse. So kam es nicht selten vor, dass sie in die kriegerischen Pläne und Strategien der Feldzüge eingeweiht wurde. Sie entwickelte sich zu seiner unentbehrlichen privaten Stütze, blieb als treue Gespielin stets an seiner Seite und teilte die Wechselfälle seines Schicksals.*

Das alte Rom

Marisa kniete als Priesterin vor einer großen Feuerstelle mit brennenden Flammen. Sie diente dort als Vestalin im alten Rom etwa um die Zeitenwende- das war das Bild, welches ihr der innere Film eröffnete.

Aber was hatte sie mit einer Vesta-Priesterin zu tun? Es brauchte eine gewisse Zeit, bis sie das aus dem Unterbewusstsein aufgetauchte Bild besser einordnen konnte. Offenbar knüpfte sie - nach einer Reihe im Dunkel des Vergessens verbliebenen Existenzen - an ihr ägyptisches Dasein als Tempeltänzerin an, von dem später noch die Rede sein wird. Zum wiederholten Mal war ihr Leben dem Tempeldienst geweiht. Dieser aber hatte in Rom ganz andere Vorzeichen und war von grundverschiedener Bedeutung als ihr eine weiter zurückliegende Situation geoffenbart hatte.

Vestalinnen waren angesehene Priesterinnen, die das heilige Feuer im Vesta Tempel zu hüten hatten. Tag und Nacht brannte die heilige Flamme, und es gehörte zu ihren Aufgaben, darauf zu achten, dass sie nicht erlosch. Es galt als großes Unglück, wenn das Feuer ausbrannte. Die Vesta-Priesterinnen waren sechs Jungfrauen – meist von vornehmer Herkunft – die schon im Kindesalter für diesen Dienst ausgewählt und dafür von ihren Eltern freigestellt wurden. Vestalinnen durften nicht heiraten, und sowohl aufgrund einer Verletzung des Keuschheitsgelübdes als auch beim Erlöschen des Feuers durch Unachtsamkeit drohte der Schuldigen die Todesstrafe. In der Gesellschaft jedoch erfreuten sich diese Priesterinnen großer Ehrerbietung und Achtung. Sie waren auf 30 Jahre dienstverpflichtet. Am Ende der Dienstzeit war es ihnen freigestellt, ein bürgerliches Leben aufzunehmen, aber die meisten verblieben in ihrer angesehenen Position, denn so konnten sie ihre privilegierte Vormachtstellung in der Gesellschaft aufrechterhalten.

Für Marisa bedeutete jene Zeit ein Leben, das ihr große Ehrenbezeugungen einbrachte. Aber gleichzeitig bedeutete es eine schwerwiegende Lektion in Sachen Disziplin und Zuverlässigkeit.
Welche detaillierten Erfahrungen sie als Vestalin durchlief und wie jenes Leben endete, darüber zeigten sich keine Details an der Oberfläche – sie erkannte lediglich, dass es wohl hauptsächlich der Prüfung ihres religiösen Glaubens und einer großen persönlichen Verantwortung in der Hingabe an die Göttin diente.

Feindbilder

Hier richtet sich die Aufmerksamkeit auf zwei unterschiedliche Existenzen Maxims. Jetzt wird sich unweigerlich die Frage erheben, wie war es möglich, dass Marisa Bilder einer Lebensstation wahrnahm, an der sie keinen Anteil hatte? Es hatte sich ein kleines Fenster zu den kollektiven Akasha-Aufzeichnungen aufgetan. Damit hatte sich gezeigt, dass es manchmal von Bedeutung sein kann, über nahestehende Personen Hintergründe wahrzunehmen, die dem eigenen Verstehen weiterhelfen und gleichzeitig ein Licht besseren Verständnisses auf das Gegenüber und abzuleitende Gesetzmäßigkeiten werfen.
Das dient einzig der Erweiterung des eigenen Horizontes und nicht dazu, über eine andere Person den Stab zu brechen.
Dadurch erkannte Marisa die karmische Verbindung zwischen Conny und Maxim, und es war ebenso ein Lehrstück für sie selbst.

Maxim hatte seine eigenen Lebensstationen hinter sich gebracht, in denen gänzlich andere Erfahrungswerte vorherrschten als bei den gemeinsam erkannten Erlebnissen. Er hatte viele verschiedene Varianten eines Kriegers absolviert, bis er schließlich zu einer geschätzten Feldherrenpersönlichkeit geboren worden war.

Als Spross einer angesehenen Familie hatte er sich in jener Lebensstation, von der hier die Rede ist, zu einer angesehenen Stellung emporgekämpft. In vielen In- und Auslandsfeldzügen war er siegreich gewesen und hatte viele öffentliche Ämter bekleidet. Er war eine Persönlichkeit, der viele seiner Zeitgenossen und Mitstreiter an

Fähigkeiten überragte. Schließlich gelang es ihm, eine mächtige Position im Staat zu erklimmen und großen Einfluss auszuüben. Natürlich blieben Autorität und Machtbefugnis nicht unangefochten und dementsprechend bildete sich auch massive Gegnerschaft.

Auf einem seiner Eroberungsfeldzüge begegnete er Conny-Conny. Sie war eine wohlhabende Erbin, genoss aber dennoch nicht genügend Anerkennung in ihrer Umgebung, sodass es Kräfte gab, die ihr das Erbe streitig machen wollten. Sie wusste Maxim-Maxim für sich einzunehmen, der ihre Position sicherte. Die neu gewonnene Autorität machte sie auch als Frau für ihn attraktiv. Conny wurde seine Geliebte und übte großen Einfluss auf ihn aus. In ihrem Umfeld war sie jedoch aufgrund ihrer rigorosen Machtausübung wenig beliebt. Inzwischen waren Maxim-Maxims Gegner und Rivalen so mächtig geworden, dass sie darauf sannen, wie sie ihn aus dem Weg räumen könnten. Schließlich gelang ihnen, dass er ihren mörderischen Machenschaften zum Opfer fiel.
Conny-Conny tröstete sich aber schnell mit einem anderen hochgestellten Krieger. Mit diesem ging sie eine Liebesbeziehung ein, die aber auf beiden Seiten stark davon geprägt war, sich gegenseitig Vorteile und Machtzuwachs zu versprechen. Das funktionierte für einige Zeit, aber schließlich brachte eine Verkettung unglücklicher Umstände für beide ein jähes Ende.

Diese Episode von Maxim und Conny aus abgelebter Zeit, welche sich Marisa nur in fragmentarischen Grundzügen in der Gegenwart aufgetan hatte – eine nur wenig detaillierte Episode im Fenster der kollektiven Erinnerung – war ihr aber stets ein Feindbild geblieben. Liebe zur Macht war hier begleitet von persönlichen Liebesbeziehungen, die in der Hauptsache zum Zweck des Machtgewinns eingegangen worden waren. Dabei bedeutete ein jeweiliger Machtverlust auch den Verlust der Liebesbeziehung.

Der Kampf zwischen Liebe und Macht ist eine uralte Situation, die ein archetypisches Muster darstellt, welches sich in vielen verschiedenen Varianten und abgewandelten Formen ganz allgemein – im Großen wie im Kleinen – im Laufe der Menschheitsgeschichte bis zum heutigen Tag immer wieder erkennen lässt. Wenn Macht nicht als konstruktive Kraft eingesetzt wird, erweist sie sich am Ende als tödliche Droge.

Dunkle Zeiten

Eine weiter tragische Geschichte, die sich zeitlich und geografisch nicht genauer einordnen lässt, beleuchtet auf tiefgründige Weise einen bedeutenden Erlebens-Hintergrund Maxims.

Am Schauplatz einer Hafenstadt am südlichen Meer war Maxim-Maxim ein einfacher Fischer. Das Wasser war sein vertrautestes Element, denn sein Vater hatte ihn schon als kleinen Jungen auf den Fischfang mitgenommen.

Im Sommer verbrachte er die Nächte draußen auf See, bei klarem Himmel waren Mond und Sterne seine Gefährten, mit denen er oft Zwiesprache hielt. Sie verstanden ihn, wenn er ihnen seine Wünsche und Sehnsüchte anvertraute. Dann fühlte er sich weniger einsam auf der weiten Wasserfläche.

Nach jedem guten Fang trafen sich die Fischer zum fröhlichen Umtrunk in der Hafenkneipe. Dort ging es immer hoch her. Bei Speise und Trank ergab sich meist eine rege Plauderei, ein Austausch der Neuigkeiten, und man vertrieb sich die Zeit mit allerlei Brettspielen und fröhlichem Gesang. Das waren für ihn die genussreicheren Momente in jenem Dasein.

Vor allem aber reizte die Männer der Aufenthalt in der Gaststube am Kai, um der schönen Schankwirtin willen. Sie war eine viel umworbene Naturschönheit, ihr dichtes schwarzes Haar fiel in schulterlangen Locken herab und gab ihren anmutigen Gesichtszügen den wohlgeformten Rahmen. Sie hatte nicht nur für jeden der Gäste ein freundliches Wort, sondern sie kokettierte auch mit den Männern, von denen die meisten in sie verliebt waren.

Von Zeit zu Zeit legten weit gereiste Handelsschiffe im Hafen an und brachten kostbare Waren, wie Seidenstoffe und Gewürze, in die Stadt. Es entfiel so manch wertvolles Geschenk auf die begehrte Schöne, die auch die fremden Seefahrer mit ihrem Charme und ihren weiblichen Reizen bezauberte.

Maxim-Maxim war das allerdings ein Dorn im Auge, denn er liebte diese Frau mit dem ganzen Feuer seiner unstillbaren Leidenschaft. Anfangs gestand er sich das nur heimlich ein, aber als er sah, wie die Glutäugige von den Männern in der Kneipe umworben wurde, begann auch er, ihr seine Zuneigung zu zeigen. Sie behandelte ihn mit der gewohnten Freundlichkeit, kokettierte aber auch in einer Weise mit ihm, die ihn im Ungewissen darüber ließ, ob er sich Hoffnung machen durfte, seine Gefühle erwidert zu finden. Die Schankwirtin spielte sehr geschickt mit ihm, beließ ihn an langer Leine, behielt ihn aber dennoch genügend im Auge, um sein Interesse wachzuhalten – darin schien sie Meisterin. Sie liebte es, von allen Seiten begehrt zu werden, blieb aber stets auf geheimnisvoller Distanz. So trieb sie ihr Spiel mit den Männern.

Immer dann, wenn ein neues Handelsschiff in den Hafen eingelaufen war, steigerte sich Maxim-Maxims Unbehagen, da die angekommenen Seeleute die Wirtin mit Geschenken verwöhnten. Er glaubte, nicht mithalten zu können, denn als Fischer hatte Maxim-Maxim ein bescheidenes Auskommen. Schließlich kam er zu der Überzeugung, wenn es ihm gelänge, sie ebenfalls reich zu beschenken, würde sie endlich begreifen, wie sehr er sie liebte und begehrte. Fieberhaft begann er nach einer Möglichkeit zu suchen, seine Einkünfte aufzubessern, und es dauerte gar nicht lange, bis sich eine Gelegenheit dazu fand. Er heuerte auf einem der Handelsschiffe an, die als kleinere Flotte öfter im Hafen lagen und Warenaustausch zwischen Ägypten und Kleinasien, Neapel und Spanien betrieben. Zwar hieß das für ihn, nun wochenlang auf See sein zu müssen und folglich viel seltener in den Genuss zu kommen, der Angebeteten nahe sein zu können. Dafür aber würde er bald in der Lage sein, Geschenke mitbringen zu können.

Maxim-Maxim musste schnell feststellen, dass die Geschäfte der Flotte nicht immer auf legaler Basis abgewickelt wurden. Zunächst kümmerte ihn das wenig, denn er hatte nur als Ziel die angebetete Wirtin vor Augen. So fiel es ihm leicht, sich den Gepflogenheiten der Mannschaft anzupassen, und er wurde schnell ein Matrose ihres Schlages. Zudem wusste er sich mit seinen profunden Kenntnissen über die Gestirne und das Meer auf hoher See beliebt zu machen.

Reich beladen nahm die Handelsflotte eines Tages wieder Kurs auf den heimatlichen Hafen. Maxim-Maxim konnte seine Vorfreude, die geliebte Frau wiederzusehen, kaum zügeln. Mit den herrlichen Seidenstoffen, die er für sie im Gepäck führte, würde es ihm endlich gelingen, sie für sich zu gewinnen –daran zweifelte er nicht. Nachdem die Schiffe festgemacht hatten, galt es zunächst beim Ausladen der Waren zuzupacken und sie in die Lager zu frachten. Danach führte ihn sein erster Gang in die Kneipe. Aber dort sollte ihm der Atem stocken. Als er das Lokal betrat, sah er seine Angebetete in den Armen des Kapitäns, der die Zeit genutzt hatte, um mit ihr heiße Küsse zu tauschen, während die Mannschaft die Waren einlagerte. Maxims Blut geriet in Wallung, seine Eifersucht kam auf den Siedepunkt. Wie besessen stürzte er auf die beiden zu, versuchte sie zu trennen, aber die Schwarzhaarige wies ihn von sich, mit Spott in den Augen und kaltem Hohn. Da verlor er alle Kontrolle, packte im tief verwundeten Stolz das auf dem Tisch liegende Messer und streckte sie nieder. Dem Kapitän war es nicht schnell genug gelungen, dazwischenzutreten und den rasenden Todesstoß zu verhindern - blankes Entsetzen lähmte alle Anwesenden. Erst jetzt kam der eifersüchtige Fischer wieder zu sich und begriff, was er angerichtet hatte. Tiefe Reue erfasste ihn, mit Tränen der Verzweiflung brach er über ihrem leblosen Leib zusammen, aber es war zu spät. Willenlos ließ er sich von den im agressiven Zorn aufbegehrenden Männern misshandeln und abführen.

Marisa hatte öfter überlegt, ob sich ihr für diese Situation wieder das kollektive Fenster geöffnet hatte, oder ob sie möglicherweise selbst in der Hafenkneipe als Bedienerin mit dabei gewesen war, oder war es Conny gewesen? Wer auch immer, darauf fiel kein Licht des Erkennens.

***

Eine ganz anders geartete tragische Geschichte rankte sich um Marisa und ihre Freundin Mya sowie die Freunde Gianni, Giorgio und Phil.

In den Düsternissen des Mittelalters an irgendeinem Ort in Europa treffen wir auf Mya-Mya und Marisa-Marisa als stattliche Männer – Mya-Mya war ein angesehener Krieger, der in einem Heer eine Führungsposition innehatte. Wegen seiner Tapferkeit und aufgrund seiner vielen Erfolge besaß er die Wertschätzung des Oberbefehlshabers. Mya-Myas Mitkämpfer waren Marisa-Marisa und Gianni-Gianni, Phil-Phil und Giorgio-Giorgio, schon damals Freunde und engste Vertraute, ein bestens aufeinander eingespieltes Team, das auf Feldzügen gemeinsam kämpfte und sich gegenseitig stärkte. Darin lag ein erheblicher Teil ihres Erfolges. Das erwarb ihnen die Achtung des Oberbefehlshabers, der Mya-Mya infolgedessen häufig seine engen Vertrauten zur Seite stellte.

Mya-Mya selbst galt als unbezwingbar und fühlte sich wohl über jede Gefahr erhaben. Seine Freunde und Mitstreiter waren ihm treu ergeben, aber eines Tages wurden sie alle zusammen in einen Hinterhalt gelockt. Kampfgerüstet und siegessicher hatten sie nicht bemerkt, dass sich in ihrem engstem Umkreis ein Rivale befand, der Mya-Mya seine Erfolge neidete. Dessen Plan, Mya-Mya zu vernichten, sollte aufgehen. Dem Rivalen gelang eine raffiniert angelegte verräterische Taktik, Mya-Mya und seine Getreuen in eine Situation zu bringen, die sie nicht für sich entscheiden konnten.

Nach aussichtslosen Kämpfen fielen alle in einer Schlacht, die Mya-Mya zunächst für eine unbedeutende „Handgelenksübung" gehalten hatte.

***

Auch die nächste mittelalterlich eingebettete Begebenheit zeigt eine der fatalen Verquickungen an, in die Marisa – wiederholt männlichen Geschlechts – verwickelt war. Maxim, Phil und Gianni waren ebenfalls involviert, als Mitglieder des Templerordens zu einer Zeit, als der Orden seiner Auflösung zusteuerte.

Man sagte den Kreuzrittern aufgrund ihrer kämpferischen Erfolge großen Hochmut und ein dünkelhaftes Verhalten nach. Der Orden erlangte enorme Reichtümer, vor allem in Frankreich, nachdem der Sitz des Großmeisters dorthin verlegt worden war. Mit dem Ende der großen Kreuzzüge waren die Templer jedoch in eine schwierige Lage geraten. Für die Templer – Ritter wie Brüder – brach eine schwere Zeit an. Wenn sie der Folter entgehen wollten, mussten sie ihren Überzeugungen abschwören. Leugneten sie oder verteidigten den Orden, drohte ihnen der Kerker. Wer den Ordensmaximen treu blieb, starb eines grausamen Todes.

Viele wurden gefangen genommen, und die meisten sagten willig aus, was man von ihnen verlangte, um der Härte zu entrinnen ...

Marisa-Marisa, Maxim-Maxim, Gianni-Gianni und Phil-Phil waren Ordensritter, die von großem Kampfgeist geprägt und stark in ihrem Glauben waren. Sie hatten viele Gefahren gemeinsam durchgestanden - stets mit dem festen Willen, den Glauben zu verteidigen und sich für die gute Sache einzusetzen. Gegen ihre

Überzeugungen auszusagen und die Gelübde zu verleugnen, erzeugte massiven Widerstand in ihnen.
Bald waren alle tödlicher Bedrohung, großer Angst und Panik ausgeliefert. Als Maxim-Maxim schließlich wegen seiner Standhaftigkeit zu Tode gefoltert wurde, lähmte die panische Angst den Willen der Übrigen. Sie verstrickten sich in Widersprüchlichkeiten und verloren sich aus den Augen. Schließlich landete Marisa-Marisa im Gefängnis, wo - in Angst und Verzweiflung - ihr Ritterleben bald darauf endete.

Die Nachwirkungen dieser Erfahrung waren aber in Marisas inneren Aufzeichnungen nicht völlig ausradiert. Jene Szenen der Gefangenschaft, Todesdrohung und Folterung gehörten zu ihren reizbarsten Feindbildern, welche immer dann bedrohlich an die Oberfläche ihrer Erinnerung traten, wenn Nachrichten und Berichterstattungen von Terror, Macht und Willkür in der medialen Gegenwart ihre Aufmerksamkeit erregten. Ihre große Freiheitsliebe und ihr unbändiger Drang nach Unabhängigkeit hatte wohl auch hier seine Wurzeln. Obendrein entwickelte sie eine strikte Ablehnung von Gewalt in all ihren Spielarten sowie eine große Abneigung gegen unkorrekte Verhaltensweisen. Und jede Art religiöser Einengung, geistiger Unfreiheit, körperlicher Gefangenschaft oder Ohnmacht – sei sie noch so harmlos – ist ihr ein unerträglicher Zustand und kann sogar klaustrophobische Zustände auslösen.

In den meisten darauffolgenden Inkarnationen war Marisa von einer großen Freiheitsliebe und dem unbändigen Drang nach Unabhängigkeit getrieben. Gegen einen Mangel an Vertrauen in den unterschiedlichsten Begebenheiten musste sie immer erneut ankämpfen, bevor diese Angst gegenstandslos werden konnte. Aus den Erfahrungen heraus erblühte aber auch eine knospenhafte Aufrichtigkeit, die in allen Lebenslagen in ein geradliniges Handeln mündete – und das mit höchster Selbstverständlichkeit.

Memphis

Eine letzte Geschichte markiert die Anfänge in Marisas Erinnerungen, als einen Ausgangspunkt des nachfolgenden Kreislaufs immer neuer Existenzen, aus dem die erzählten Stationen herausragten und wie Teilstücke eines roten Fadens aufleuchteten und zueinander in Beziehung standen.

Die Anfänge dieser Kette von Erinnerungen waren für Marisa nur fragmentarisch sichtbar, sie hingen als lose Bruchstücke im Nebel der Vergangenheit. Irgendwo in Mesopotamien, im Zweistromland, dem späteren Babylonien und danach in Byblos hatte Marisa erste Erfahrungen gesammelt – in immer neuen Verkörperungen mit Lernaufgaben mehr oder minder glücklichen Ausgangs. Nichts von all den positiven wie negativen Erlebnissen war bis in die Gegenwart hinein verloren gegangen. Dessen war sie sich sicher. Aus der Summe allen Erlebens setzte sich der Bewusstseinsstand als die Basis zusammen, die ihr gegenwärtiges Dasein bestimmte. In Marisas Unterbewusstsein war wohl alles gleichzeitig vorhanden, aber ihre bewusste Wahrnehmung konnte nur jene Fenster öffnen, die von Bedeutung waren für ihr gegenwärtiges Leben - vergleichbar mit dem Lichtkegel eines Leuchtturmscheinwerfers, der einzelne Punkte hell anstrahlt vor dem im Dunkeln liegenden Hintergrund ihrer Lebensbühne.

Aus den frühen nebelhaften Eindrücken zeichneten sich erste konkretere Umrisse in Memphis im alten Ägypten ab. Im alten und mittleren Reich war Memphis die machtvolle

Hauptstadt, die dann später jedoch gegenüber Theben ins Hintertreffen geriet. Im Neuen Reich aber konnte die Metropole noch einmal die Vormachtstellung erringen und sich eine beträchtliche Zeit lang hohen Ranges erfreuen. In dieser Epoche hatte Marisa ein Schlüsselerlebnis, das bis in die Gegenwart Wirkungen zeitigte. Von da an hatten viele der nachfolgenden Stationen Marisas ganz ähnliche Inhalte, trotz großer Unterschiede in der äußeren Form, der Umgebung und den verlagerten Schwerpunkten.

In jener alten Zeit war Marisa-Marisa ein zierliches junges Mädchen aus angesehenem Elternhaus gewesen. Eines Tages hatte ihr der Vater eröffnet, es sei beschlossen worden, sie zu einer Tempeltänzerin ausbilden zu lassen. Da ihre körperliche Eleganz und Schönheit den Voraussetzungen dafür entsprach, brachte sie der Vater persönlich in den Tempelbezirk zum letzten Eignungstest. Die Auslese erfolgte nach strengen Richtlinien – es galt als Auszeichnung, für tauglich befunden und aufgenommen zu werden. Die Ausbildung für den Dienst im Tempel erforderte eine erstklassige Schulung und gute Vorbereitung, dazu Disziplin und Gehorsam.
Die Priesterschaft war eine mächtige Institution mit enormer Einflussnahme. Meist war sie vom Pharao selbst bestimmt und eingesetzt worden. An der Spitze stand der Hohepriester, dessen Machtbefugnisse der Stellung des Pharao nur wenig nachstanden. Der pharaonische Herrscher und die Tempelpriester waren eng miteinander verknüpft. Der Tempelkult war ein Staatskult, an dem das Volk nur peripher an großen Festtagen teilnehmen konnte. Den eigentlichen Kulthandlungen im Tempelinneren – dem Allerheiligsten – wohnten nur der Pharao, die Großbürger, die hohen Beamten und staatlichen Würdenträger bei.
Der Tempelkult stellte die Verbindung zwischen der Welt und der Gottheit dar, als Ritus war er von großer Bedeutung, um die Gottheit gegenüber dem Pharao, dem Staat und den Menschen gnädig zu

stimmen. *Opfergaben dienten diesem Ziel genauso wie Musik und Tanz.*

Die Tempeltänzerinnen waren Teil des kultischen Rituals, sie stellten eine Art Brücke dar, mittels derer die Tempelbesucher in Verbindung mit der Gottheit kamen, sie waren somit ein verlängerter Arm der Priester. Von ihnen empfingen sie tiefe Weihen, die sie durch ihre Tanzanimationen weiterreichten. Die erotische Begegnung spielte dabei eine wesentliche Rolle. Sexualität wurde als eine kreative Kraft der göttlichen Vereinigung verehrt – die Verschmelzung der Sonnen- und Mondkräfte, von Leib und Geist. Der rituelle tänzerische Körperkult war die Stimulanz, welche die im Tempel Anwesenden für die Gotteskräfte zu öffnen vermochte.

Für eine solche religiöse Tempelprostitution durchliefen die jungen Tänzerinnen eine spezifische Unterweisung. Sie wurden nicht nur in tänzerischer Körperdisziplin unterrichtet, sondern auch ihre geistigen Fähigkeiten wurden einer exzellenten Schulung unterzogen. Die tiefe Hingabe an ihre Aufgabe – als Instrument der Gottheit – war ihre Mission. Diese verlangte bedingungslosen Einsatz und Gehorsam gegenüber der Priesterschaft – vor allem dem Hohepriester.

Ein weiterer wichtiger Bestandteil der Zeremonien waren Praktiken der Magie, welche zu den fundamentalen Geheimnissen und Kenntnissen des Tempeldienstes gehörten. Auf die Schulung der Magie und deren Anwendung wurde viel Wert und Aufmerksamkeit gelegt. Sie wurde zum Schutz vor allerlei Gefahren eingesetzt, diente der Abwehr böser Geister, gefährlicher Tiere, dem Vorbeugen von Krankheiten, Unglück, Niederlagen und was sonst noch an Unbill denkbar schien. Bestimmte fest formulierte Gebete, Gesänge und Tänze wurden beispielsweise solcherart eingesetzt um Schutzfunktionen für Personen, Bauwerke und Landstriche aufzubauen, aber auch für politisch wichtige Situationen und geschichtliche Ereignisse. Aus den Reihen der Priesterschaft und Tempeldiener hatten einige im Beten große Fertigkeiten erworben. So blieb es nicht aus, dass sich manchmal die Grenzen verwischten und die magischen Fähigkeiten nicht nur zum Schutz vor Gefahren angewendet, sondern auch für persönliche oder staatliche Ziele eingesetzt wurden.

Der Grenzgang zwischen weißer und schwarzer Magie war damals wie heute ein zweischneidiger Weg. Die angewandten Prinzipien galten in den meisten Fällen als Methoden der praktischen Manifestation und funktionierende Techniken schöpferischer Einflussnahme – selbstverständlich integere Bestandteile der Kultur und der geistigen Elite in jener Zeit.

Das war der Hintergrund, vor dem sich die junge Marisa-Marisa befand, als sie zur Schulung in den Tempelbetrieb eingegliedert wurde. Anfangs fühlte sie sich nicht wohl in der neuen Umgebung, sie war fortan keine Privatperson mehr, sondern als Teil der Tänzerinnengruppe dienstbares Instrument für die Gottheit. Folglich standen ihr nur wenige persönliche Wünsche frei und – wie alle anderen Tänzerinnen auch – war sie ganz den Anordnungen des Hohepriester unterstellt. Die Aufseherinnen bereiteten jeweils die Neuankömmlinge auf ihre Aufgaben vor. Diese waren selbst einmal Tänzerinnen gewesen, die aus Altersgründen nicht mehr aktiv waren. Wenn sie nicht geheiratet hatten, blieben sie weiterhin im Tempel und betreuten die jungen Nachfolgerinnen.

Mit einer der Tänzerinnen, mit der sie ihren Schlafraum teilte, befreundete sich Marisa-Marisa rasch. Beide waren anfangs enge Vertraute, aber im Laufe der Zeit geriet das innige Verhältnis mehr und mehr ins Wanken aufgrund einer Eifersucht und Rivalität vonseiten der Anderen. Mit der ihnen zugeteilten Aufseherin kam Marisa-Marisa gut zurecht, obgleich auch jene gelegentlich nicht völlig frei von Konkurrenzdenken gegenüber den jungen Anwärterinnen blieb. Vor allem dann, wenn sich Marisa-Marisa in zunehmendem Maße der Förderung und der Gunstbezeigungen des Hohepriesters erfreuen durfte, kamen Eifersüchteleien ins Spiel. Der innere Tempel war ein gut organisierter Kleinstaat, der zwar dem

Pharao unterstellt war, ihm jedoch als Machtinstrument fast gleichkam.

Die jungen Tempeldienerinnen widmeten sich mit Ernst und Eifer ihrem ausgedehnten Ausbildungsprogramm und machten rasche Fortschritte. Marisa-Marisa war behände und erwies sich als ebenso gelehrig wie begabt für die ihr zugedachte Aufgabe. Bald erregte sie die Aufmerksamkeit des Hohepriesters, der sie persönlich unter seine Fittiche nahm.

Als die Zeit reif war, dass die jungen Anwärterinnen offiziell in ihr Amt eingesetzt wurden, lernten sie viele neue Gesichter kennen und waren beflissen, den ranghohen Persönlichkeiten und Würdenträgern der Stadt die Botschaft ihrer Gottheit nahezubringen. Viel Wert wurde jetzt auf das äußere Erscheinungsbild gelegt. Erlesene Schmuckstücke aus Edelsteinen unterstrichen einerseits die natürliche Schönheit der Mädchen, die sie aber auch als Amulette trugen zum Schutz gegen dämonische Einflüsse böser Geister. Funkelnde Armbänder und Halsketten waren in filigraner Goldornamentik gearbeitet und mit Lapislazuli, Türkisen oder Jaspis reich bestückt. Da es an Musik nicht fehlen durfte, spielten sie mit ihren goldbehangenen zierlichen Händen auf verschiedenen Lauten, Leiern, Flöten oder bedienten Tamburine und Trommeln.

Aus der Schar der Tempelbesucher zeichneten sich bald einige als besondere Bewunderer Marisa-Marisas ab und favorisierten sie. Darunter waren der Wesir, der Baumeister und der Heerführer. Der Wesir war der Schatzmeister und Großkämmerer, auch unterstand ihm die Gerichtsbarkeit. Er war nach dem Pharao der mächtigste Mann im Land. Er hatte einen Sohn aus einer früheren Verbindung mit einer Tempeltänzerin. Dieser war inzwischen zu einem geschickten und gut aussehenden jungen Mann herangewachsen, der das Amt des Tempelschreibers versah, für das er aufgrund seiner offensichtlichen Begabung früh geschult worden war.

Dieser Schreiber hatte eine wichtige Funktion. Er musste über alles Buch führen und alle Vorkommnisse auf Papyrus festhalten. Er war somit der am besten informierte Mann im Tempelbezirk – er wusste über alles und jeden Bescheid. Er bezog seine Informationen nicht nur aus Gesprächen und Sachlagen, er besaß auch die große Fähigkeit des Gedankenlesens, sodass sich für ihn sogar aus den Träumen anderer höchst Wissenswertes abrufen ließ. Einerseits war er überaus geachtet, gleichzeitig jedoch bei manchen auch gefürchtet, denn niemand konnte Geheimnisse vor ihm haben. Das schränkte den persönlichen Freiraum vieler ein und beschnitt deren Bewegungsfreiheit und natürliches Verhalten. Der Wesir und der Tempelschreiber waren beide Marisa-Marisa leidenschaftlich zugetan, was zwischen Vater und Sohn einen heftigen Rivalitätskampf entfachte. Marisa-Marisas Mitbewohnerin wiederum hatte ein Auge auf den Schreiber geworfen, welchem diese Zuneigung aber unbemerkt blieb.

Eines Tages erschien Maxim-Maxim – ein junger Krieger von blendender Schönheit und mit durchtrainiertem Körper, dem eine große Zukunft zugedacht war. Als Schützling des Pharao war er – Sohn aus angesehener Familie – im königlichen Palast erzogen und vom Heerführer ausgebildet worden, und er war überdies auserwählt, die Tochter des Pharao zu ehelichen.
Maxim-Maxim war nun ebenfalls anlässlich der großen Feste in den Tempel gekommen. Einmal wurde seine Aufmerksamkeit von Marisa-Marisas Tanz so sehr gefangen genommen, dass er, ohne es zu wollen, in der Gruppe der Tänzerinnen nur noch sie allein wahrnahm. Sie faszinierte ihn derart, dass er kaum den Blick von ihr wenden konnte. Er war elektrisiert und suchte entzückt ihre Nähe. Er erkor sie sofort zu seiner Favoritin und wollte ausschließlich von ihr bedient werden. Daher kam er immer öfter in den Tempel, auch außerhalb der offiziellen Festzeiten, und das begann einigen Aufmerksamen aufzufallen. Bald schon entwickelte sich die Situation

zu einem großen Spannungsfeld. Wie war das möglich geworden und wie äußerte es sich?

Wenn Marisa-Marisa und Maxim-Maxim zusammenkamen, waren sie nicht nur unsterblich ineinander verliebt, sondern ihre aufwallenden Gefühle glichen einem Naturereignis größeren Ausmaßes, wie einem glühenden Vulkan. Unstillbare Leidenschaft hatte beide so sehr erfasst, dass sie füreinander auch ein tief verinnerlichtes Liebesempfinden fühlten, welches die Zeit stillstehen ließ. Sie verschmolzen zu solcher Einheit miteinander, dass sich jede Zeit, in der sie getrennt waren, wie eine schmerzliche Wunde anfühlte. Ihr Verlangen und ihre Sehnsucht nacheinander wurde immer intensiver und steigerte sich in unübersehbarem Maße. Und so konnte ihr intimes Verhältnis nicht lange unbemerkt bleiben. Es war offenkundig, dass Maxim-Maxim der Tochter des Pharao versprochen war, er aber verdrängte diesen Gedanken und versuchte, so viel Zeit wie möglich mit der geliebten Tempeltänzerin zu verbringen. Dadurch wurde ihr der Tempeldienst zunehmend zur Belastung. Beide fühlten nur eins: Sie waren füreinander geschaffen, die Welt um sie herum versank förmlich, wenn sie beisammen waren.

Die Pharaonentochter und Verlobte Maxim-Maxims erhielt zu gegebener Zeit eine zugespielte Andeutung über die besondere Vorliebe ihres zukünftigen Gatten, die sie argwöhnisch werden ließ. Sie stellte Nachforschungen an, indem sie ihre Dienerin für Erkundungen zum Tempelschreiber sandte, der natürlich bestens informiert war. Da sowohl der Hohepriester als auch der Wesir und der Schreiber ihr persönliches Interesse an Marisa-Marisa nur schwer verbergen konnten, musste irgendwie Abhilfe geschaffen werden. Seit die beiden Liebenden unzertrennlich geworden waren, hatten sich der Wesir und sein Sohn ausgesöhnt und bildeten nunmehr ein Bollwerk gegen ihren gemeinsamen Rivalen. Die Situation spitzte sich immer mehr zu, folglich berieten sich Hohepriester und Wesir, um dieser Entwicklung Einhalt zu gebieten. Auch der Baumeister und der Heerführer wurden miteinbezogen, einen Plan zu schmieden, dessen Umsetzung die fatale Liebe des Kriegers und der Tänzerin wirksam unterbinden konnte. Marisa-Marisa durfte nicht länger eingeschränkt sein, es gehörte sich nicht für sie, einem einzelnen Mann den Vorzug zu geben. Maxim-Maxim, der Tochter des Pharao verpflichtet, musste fortan ausschließlich ihr sowie seinem ausgedehnten Aufgabenbereich zur Verfügung stehen. Was also tun? Niemand konnte ihn zwingen, von Marisa-Marisa zu lassen, sein Status galt als nahezu unantastbar.

Der Hohepriester, der Wesir und der Heerführer schlossen sich zu einem Gremium zusammen, welches über den Fall beratschlagte. In ihre verschiedenen Sitzungen war natürlich auch der Schreiber involviert worden, da dieser für die praktische Ausführung des Planes auserkoren worden war. Man kam überein, dass es nicht ratsam sei, groß angelegte äußere Maßnahmen zu ergreifen, denn das würde nur Aufsehen erregen und möglicherweise das Ziel verfehlen können.
Also entschloss man sich, eine verdeckte Methode zu bemühen. Der Einsatz magischer Praktiken würde sicheren Erfolg bringen - er galt als routiniert und hatte sich schon unzählige Male bewährt und allerbeste Resultate erzielt. Unter dem Gebot der Verschwiegenheit verständigte der Schreiber den Töpfermeister und gab ihm den Auftrag, zwei besonders elegante Amphoren aus Ton anzufertigen. Geheime Zeichen wurden eingraviert und mit magischen Ritualen aufgeladen, um eine dauerhafte Trennung der beiden Liebenden zu gewährleisten. Nach Fertigstellung der Gefäße wurde in geheimer Sitzung das magische Ritual vollzogen, das die Krüge „absegnete". Bei passender Gelegenheit erhielt Marisa-Marisa eine der Amphoren als Geschenk und hochrangige Ehrengabe, das zweite Gefäß ging an Maxim-Maxim im Zuge einer öffentlichen Auszeichnung. Damit war jeweils der Auftrag verbunden, die verliehene Trophäe gut aufzubewahren und in Ehren zu halten.

Damit nahm das Schicksal seinen Lauf.

Zunächst war keine Veränderung zu bemerken, alles ging seinen gewohnten Gang. Schließlich wurde die Tochter des Pharao ungehalten. Es durfte nicht geduldet werden, dass Maxim-Maxim sich weiterhin so wenig um sie bemühte und sogar für den Hochzeitstermin immer wieder Ausflüchte mit der Bitte um Aufschub erfand. Sie witterte darin ein bedrohliches Geheimnis und entwickelte die Idee, den unwilligen Verlobten auszuspionieren, um der Sache auf den Grund zu gehen. Sie beauftragte ihre Dienerin, sich umzuhören und Maxim-Maxims Gewohnheiten nachzuspüren. *Diese erschlich sich das Vertrauen von Marisa-Marisas befreundeter Tanzkollegin, bei der sie leichtes Spiel hatte, weil diese immer wieder mit Marisa-Marisa rivalisierte. So erfuhr die Pharaonin von ihres Verlobten leidenschaftlicher Liebe zu Marisa-Marisa.* Sie raste und tobte vor Eifersucht und gekränktem Stolz, erging sich in Hasstiraden, und ersann schließlich einen bösen Plan.

In heuchlerischer Weise begann sie, die Rivalin mit Geschenken zu verwöhnen. Sie beauftragte ihre Dienerin immer wieder, Marisa-Marisa Früchte und Blumen, Süßigkeiten oder schmeichelnde Tinkturen für Haut und Haar zu überbringen. Diese freute sich über die königliche Gunst und fühlte sich geehrt. Da sie oft von vielen Seiten mit Geschenken und Auszeichnungen bedacht wurde, hegte sie keinen Argwohn. Eines Tages übergab ihr die Dienerin eine zierliche verschlossene Truhe aus feinem Flechtwerk, getränkt mit duftenden Essenzen. Was mochte sie enthalten? Marisa-Marisas Neugier war geweckt. Behutsam öffnete sie den Deckel und voller Staunen bot sich ihrem Blick ein kostbares Festgewand. Ihre Hände strichen über das edle Gewebe und voller Freude schickte sie sich an, das Kleidungsstück aus dem Behältnis zu nehmen, um es anzulegen. Doch plötzlich zuckte sie zusammen und war gelähmt in tödlichem Schrecken. Zwischen dem sorgfältig zusammengefalteten Stoff war eine giftige Hornviper versteckt, die sie in ihrer unauffälligen Schutzfarbe erst im letzten Moment entdeckt hatte. Blitzschnell hatte das Tier zugebissen, als Marisa-Marisa das wertvolle Material auffaltete. Vor blankem Entsetzen war sie sprachlos und *bewegungsunfähig. Es gelang ihr nicht einmal, um Hilfe zu rufen, so tief saß der Schock. Da niemand in Reichweite war, konnte das Gift seine rasche Wirkung ungehindert tun, bis ihr Körper zusammenbrach und dem Tod nicht mehr entrinnen konnte.*

In dieser Geschichte aus dem alten Memphis tauchte ein Grundmuster auf, welches wie ein roter Faden viele nachfolgende Inkarnationen mehr oder weniger dominant durchwirken und sich im Laufe der Zeiten akkumulieren sollte. Es gab in Marisas Leben und Vorexistenzen immer wieder Personen oder Umstände, die sich äußerlich oder innerlich zwischen sie und ihren jeweiligen Partner oder den Gegenstand ihrer Zuneigung schoben. Nicht selten tauchten unterschiedlichste Hindernisse auf, wegen derer eine wichtige Beziehung entweder zerfiel oder überhaupt nicht zustande kam. Es versetzte sie in großes Staunen, als sie zu ahnen begann, welche Langzeitwirkung eine zielgerichtet aufgeladene Energie und bestimmte mentale Befehle hatten, sofern diese nicht zur Auflösung gebracht werden konnten.

All diese dargelegten Geschichten, Episoden und einschneidenden Lebensstationen vergangener Zeiten waren die markantesten bewussten Erinnerungsmuster und gespeicherten Energien, welche sie in ihrem gegenwärtigen Leben begleiteten und ihr heute viele alte Verhaltensweisen und Situationen verständlicher machten. Zuerst hatten sich ihr die Erinnerungs-Fenster geöffnet, durch die sie mit Neugier und Staunen hindurch blickte, um verschiedene Zusammenhänge in ihrem Leben tiefer zu entdecken und zu erforschen. Später wurden diese inneren Bilder zu selbstverständlichen Begleitern, die wie eine eigenständige, mahnende oder richtungsweisende Stimme in Marisas Überlegungen, Reflexionen und Wahrnehmungen integriert werden konnten. Sie halfen ihr als zusätzliches Wissen und waren ihr im praktischen Alltag sehr nützlich. All diese Anwendungen dienten dem erklärten Ziel, sich nach und nach von der Identifikation mit der Vergangenheit zu lösen und dem gegenwärtigen Leben neue Inhalte zu geben, die aus der „Erledigung" der früheren Lernaufgaben und Erfahrungen entstanden.

Das war in einigen Fällen ihrer emotionalen Verstrickungen ein langwieriger Prozess, der nicht immer ohne Weiteres sofort gelang – der aber auch nicht abgekürzt werden konnte. Allein die Entwicklung der inneren Bereitschaft und Kraft, alte Dinge loszulassen, benötigte entsprechend umfängliche Zeiträume. Es lauerte stets die Gefahr – vor allem in Krisenzeiten – in den alten Reaktionsautomatismen entweder zu verharren oder wieder in sie zu verfallen und damit womöglich ganz neue, noch höhere emotionale Mauern zu errichten.

Die Hintergründe, welche den Umgang und das gegenseitige Verhalten in ihren gegenwärtigen Freundschaften bestimmten oder sich in Marisas zwischenmenschlichen Konflikten abzeichneten, traten Stück für Stück klarer hervor. Sie war immer wieder fasziniert, eine auffällig starke Affinität zu verschiedenen Personen und Schicksalen zu verspüren, mit denen sie durch eine intensive innere Entsprechung verbunden war – ob sie es wollte oder nicht. Anziehende und attraktive wie auch von Misstrauen und Verlustängsten geprägte Szenen und Personen ihres gegenwärtigen Lebens erfuhren mehr oder weniger intensiv Interesse und Widmung.

Die Großfamilie um Marisa war der Abschluss und zugleich Kulminationspunkt einer langen Kette, seit den ersten wahrgenommenen Anfängen aus dem alten Ägypten. Damit waren die Weichen für neue, andere Erfahrungen gestellt worden. Wie auch immer sich neue, andere Erfahrungen ereignen würden – bisher schien immer der Weg das Ziel gewesen zu sein.

Auf jeden Fall hatte für Marisa über die vielen Zeiten hinweg ein Streben nach Geistigkeit und spiritueller Ausrichtung eine wesentliche Bedeutung erlangt – besonders deren bewusste Integration in ihre Alltagsexistenz. Das machte sie in der Gegenwart zu ihrem Leitgedanken für weitere Entwicklungsstufen. Die Sinnfindung des Lebens, die Identifikation mit dem unsterblichen innersten seelischen Funken bekam für sie übergeordnete Qualität. Marisas Bewusstsein konnte sich damit enorm erweitern und neuen, inneren wie äußeren Erfahrungen und Zielen entgegenstreben.

Ende und Neubeginn

Wie schloss sich der Kreis in Bezug auf Marisa und Maxim?
Von Maxims gegenwärtiger Familie und dem riesigen Personenkreis, der ihn umgab, waren Marisa nur wenige vertraut – kaum jemanden hatte sie näher kennengelernt. Knappe Einsichten waren ihr nur gegönnt über die Hintergründe der Beziehung zwischen Maxim und seiner Frau Conny, mit der er stets die familiären Bande pflegte. Sie war so etwas wie ein ruhender Pol für ihn und hatte ihm das Heimatgefühl ersetzt, wenn er die Welt bereiste. Sie war ihm eine bereitwillige ratgebende und kritisch beobachtende Begleiterin, wohin ihn auch seine Wege führten.

Conny war einstmals Maxims Geliebte gewesen – als dieser fern der Heimat gelebt hatte und tragisch umgekommen war – sie war jene Bedienstete, bei der er damals Zuflucht und Vergessen in stürmischen Tagen gesucht hatte. Beide fanden sich in der Gegenwart genau an dem Ort wieder, an dem sie damals das Schicksal getrennt hatte – was Marisa als durchaus bemerkenswerten Umstand empfand. Umso mehr, da sie Conny in ihrer früheren Existenz nicht selbst erlebt hatte und trotzdem ihre frühere Identität wahrnahm. Das war eine Ausnahme in Ergänzung zu den Episoden Maxims und zum besseren eigenen Verständnis. In den meisten Fällen hatte Marisa nur über jene Personen Bewusstheit erlangen können, die energetisch mit ihr selbst und ihren eigenen Erfahrungen verknüpft waren und mit denen heute noch ein Austausch und Ausgleich stattzufinden hatte. Wo es keine Notwendigkeit zum Verstehen gab oder keine irgendwie geartete Beziehung bestand, blieb der Vorhang zugezogen, und es musste keine erinnernde Erkenntnis erfolgen. Es war sicher auch als eine naturgegebene Schutzmaßnahme zu begreifen, dass nicht alle Details zu jeder Zeit bewusst abrufbar sind, sodass viele Fäden diverser Beziehungsgewebe im Einzelnen unsichtbar bleiben.

Marisa war sich sicher, dass ein großer Personenkreis im Umfeld Maxims ebenfalls geschichtlichen, identifizierbaren Verästelungen aus seinen früheren Existenzen entsprach. Da jedoch vieles davon nicht in ihre eigene Geschichte mit Maxim verwoben war, konnte sie darüber auch wenig an die Oberfläche bringen.

Im Hintergrund allen Geschehens bleibt jedoch ganz allgemein jede Erfahrung vorhanden, indem sie integriert und zum Bestandteil des Persönlichkeitsniveaus wird, auf dem jeder Einzelne gegenwärtig agiert. An die Oberfläche gelangen hauptsächlich jene Episoden und Verknüpfungen, deren Kenntnis der schnelleren Weiterentwicklung dienlich sind.

Aus dem näheren Umfeld Maxims formten sich für Marisa manche Beziehungen und Freundschaften, ohne mit tieferem Hintergrundwissen aufgeladen zu sein. Diese fühlten sich weit weniger emotional und unausweichlich an und so konnte sie gelassener damit umgehen. Andere verloren schnell an Intensität und Bedeutung, sobald die alten Verhaltensweisen in einen Ausgleich und eine Wandlung gemündet waren. Die Fähigkeit zur Toleranz und ein größer werdendes Verständnisvermögen ließen sie viele der unbeabsichtigten Reaktionsmuster anderer Personen oder auch eigene Zwanghaftigkeiten leichter handhaben und verarbeiten.

Auch wenn das Loslassen und Neutralisieren von aus der Vergangenheit „mitgebrachten" Vorbelastungen einerseits eine immer wieder herausfordernde neue Aufgabe darstellte, kam aber im Gegenzug dennoch in manchen Fällen die

Sehnsucht nach tieferer Verbindlichkeit und liebevoller Nähe auf. Das gemahnte sie daran, dass sich wiederholt bestimmte Seelengruppierungen zusammenfanden, die dann in der jeweiligen Lebensspanne erneut in anderer Form aufeinandertrafen, um gemeinsame Wegstrecken miteinander zu gehen und aneinander zu wachsen. Folglich durfte Marisa wohlmeinende Freundschaften nicht unterschätzen und vernachlässigen – ja, es galt vielmehr, eine echte Empfindungstiefe vertrauensvoll zu pflegen. Anderenfalls würde sie sich von der Zugehörigkeit zur betreffenden Seelengruppe ungewollt isolieren beziehungsweise immer wieder neue Hindernisse übewinden müssen. Ein erleichterndes Miteinander in Toleranz und Herzenswärme wollte sie nicht verspielt haben.

Zu guter Letzt – wie verlor die karmische Fessel zwischen Marisa und Maxim an Kraft und würde sich für Marisa zu einem guten Ende erlöster Befreiung wenden?
In ihren sporadischen, durch Zufälle neu belebten schmerzlichen Begegnungen vollzog sich der Ausgleich einstiger Verletzungen. Gegen alle Vernunft war Maxim in Marisas Herzen nie ganz gestorben. Ein glimmendes Fünkchen inmitten der Asche hatte über lange Zeit weitergeschwelt. War es das allerletzte Verglühen einer Jahrhunderte währenden Verkettung hinderlicher Umstände gewesen? Erst als die Zeit reif war, konnte Marisa vergessen und sich freimachen von den lastenden emotionalen Speicherungen.
Eines Tages brachte eine lebhafte Traumwahrnehmung die Loslösung: Ägyptische Tonkrüge zerbrachen in tausend Scherben. Sie nahm den Besen und fegte die Bruchstücke aus dem Zimmer. Die uralte magische Energie, die offenbar so lange Zeit ihre Nachwirkungen ausspielte, verlor an Kraft.

War damit das Ende dieser langwierigen Verstrickung eingeleitet?

In der letzten ihrer meist unerwarteten Begegnungen – anlässlich einer öffentlichen Festivität – trafen sich noch ein letztes Mal beider Blicke. Nach dem folgenden neuerlichen Abschied bahnte sich Marisas lange aufgestauter Tränenstrom einen Weg, und viele Stunden lang entquollen die nicht enden wollenden Tränen der Wehmut ihren Augen. Der Schmerz schien dabei ihr ganzes Sein in Stücke zu zerreißen. Diese entfesselte Flut schwemmte schließlich alle unerfüllten Erwartungen, alle emotionalen Sehnsüchte und leidvollen karmischen Prüfungen wie in einer reinigenden Katharsis hinweg.

Im Nachhinein konnte Marisa lächeln, als diese Belastungen in Gedanken noch einmal an ihr vorübergezogen waren- denn jetzt hatte sich das Blatt für sie endgültig gewendet. Jetzt war alle Schwere von ihr abgefallen, sie fühlte sich unglaublich frei und leicht. Sie war nicht mehr gefangen in den alten Konditionierungen. Die bleiernen Energieblockaden in ihrer Gefühlswelt hatten sich gelöst und waren nicht länger belastender Gegenstand ihrer Aufmerksamkeit.

An ihre Stelle war das Wissen getreten, dass der spirituelle Funke ihrer Liebe wie ein Phönix aus der Asche der karmischen Vergangenheit aufstieg und frei von persönlichen Erwartungshaltungen und physischen, personenorientierten Begrenzungen als strahlendes Licht ihr Bewusstsein und ihr Leben erhellte und den Weg freimachte für seelische Impulse auf der Basis allumfassender Liebe. Diese Erkenntnis machte sie froh und glücklich – sie fühlte sich nicht länger in den Ketten emotionaler Bande gefangen. Ihr Blick richtete sich nach vorne, suchte nach neuen Aufgaben und ließ vertrauensvoll dem Leben seinen Lauf.

Autorin

Die Autorin ist publizistisch als Kulturjournalistin und Musikkritikerin für diverse Tageszeitungen und Magazine tätig.   Ausserdem verfügt sie über langjährige Erfahrungen als lehrende und beratende Astrologin.

FSC
www.fsc.org

MIX

Papier | Fördert
gute Waldnutzung

FSC® C083411

Zeitfracht Medien GmbH
Ferdinand-Jühlke-Straße 7
99095 Erfurt, Deutschland
produktsicherheit@kolibri360.de